Maurice Bouchet *est né dans la Loire de parents agriculteurs. Sa profession d'informaticien l'appelle à s'installer à Grenoble. À l'heure de la retraite, il prend sa plume : « J'aime les gens, j'aime raconter des histoires... J'essaie de mettre des mots sur les joies, les misères et surtout les élans profonds du cœur de ceux qui parlent peu et dont je reste le rejeton : les gens de la terre. » Ses romans,* La Pierre au mercier, Le Chêne foudroyé, *prix Beaujolais 2004, et* Les Souliers ferrés, *ont déjà séduit de nombreux lecteurs.*

La Pierre au mercier

Du même auteur

Aux éditions De Borée

La Fille du pertuis, Terre de poche
La Font de l'Ours
Là où disparait le torrent
Le Chêne foudroyé, prix Beaujolais 2004
Les Souliers ferrés, Terre de poche, prix Obiou
L'Inconnu de Roche Rouge

Autres éditeurs

La Bergerie d'Aiguebelle
La promesse des cimes

Imprimé en U.E.
Dépôt légal : novembre 2012
ISBN : 978-2-8129-0730-2

Maurice Bouchet

La Pierre au mercier

De Borée
Terre de poche

I

Quand l'Occupation sépare les familles

Les grands, ils parlent souvent de la guerre et pourtant on ne la voit jamais. Tout ce que j'en sais, je l'ai vu à Saint-Étienne et encore, ça n'a pas duré longtemps. J'ai aperçu des soldats, avec des bottes et des casques sur la tête, devant la caserne, alors qu'on descendait la Grand-Rue avec le tram.

Et cependant, l'autre jour, j'ai entendu papa et maman. Il était question d'une ligne de démarcation que les Allemands avaient franchie l'an dernier, ce qui rendait les choses encore plus difficiles qu'avant. D'ailleurs, maman, elle est bien pâle depuis quelque temps et elle marche comme si elle était lourde.

Pourtant on ne mange pas beaucoup, ça non, surtout à la cantine. Souvent, on a un légume qui remplace les pommes de terre. Ils appellent ça des rutabagas. Je me force un peu, mais vraiment ils n'ont rien à voir avec les pommes de terre ces fameux rutabagas. Alors quand papa a ajouté que, sans doute, Emma et Juste accepteraient de nous prendre, j'ai pensé que les choses allaient peut-être changer pour Marcel et pour moi.

Marcel c'est mon grand frère. Il a onze ans et il me commande en tout. C'est normal, il a deux ans de plus que moi et il sait plein de choses. Sauf à l'école, d'accord, vu qu'on n'est pas dans la même classe, mais sortis de l'école, c'est lui qui décide. De toute façon, si je ne suis pas d'accord, un bon coup de poing dans le ventre peut facilement me mettre de son avis. Ça arrive quelquefois, et j'ai le souffle coupé pendant quinze ou vingt secondes. Alors il dit qu'on joue au ballon, ou au cerceau, ou à cache-cache. Et on joue.

Pourtant je n'aime plus tellement jouer à cache-cache. C'est la faute à Marcel. Un jour, on regardait passer un avion, haut dans le ciel. C'est quelque chose que j'aime, regarder dans le ciel. Je sais regarder en restant debout, la tête penchée en arrière. S'il y a des nuages, je les vois se presser comme de gros animaux. Ils vont s'entasser au-dessus de la colline. Au bout d'un moment, je me penche tellement pour les suivre que je perds l'équilibre.

C'est ce qui est arrivé le fameux jour de l'avion. Marcel m'a dit que c'était un Boche ; je ne sais pas à quoi il l'a reconnu mais le fait est que ça ressemblait tout à fait à un avion boche, le bruit du moteur surtout.

C'est ce que m'a expliqué Marcel. Jusque-là il n'y avait rien de bien grave : Marcel et moi, tout petits, là en bas au milieu d'un champ plein de grosses pierres et de bouquets de bruyère et l'avion boche là-haut avec son bruit de moteur boche. Mais Marcel a couru se cacher derrière un gros bloc de pierre en criant :

« Gare à la bombe ! Gare à la bombe ! »

J'ai couru aussi, bien sûr, et j'ai commencé à avoir peur. Je n'ai jamais vu une bombe, boche ou pas, mais je sais bien que c'est terrible.

Allongés à l'abri de notre grosse pierre, j'ai voulu me serrer contre Marcel, mais un coup de poing bien placé m'a cloué le visage dans l'herbe et la respiration bloquée. Alors j'ai appris que les avions boches pouvaient nous voir même quand on est bien caché, n'importe où, et même tiens, derrière notre grosse pierre. Pour peu qu'ils veuillent nous tuer, ça leur est facile.

Quand le bruit de l'avion a disparu, je suis rentré à la maison. J'avais un peu mouillé ma culotte mais je n'ai rien dit à maman sur les avions boches. D'abord parce qu'elle aurait regardé Marcel d'une certaine façon et dit sévèrement comme elle sait le faire parfois : « Marcel, qu'est-ce que tu as encore fait à Gilou ? » et que j'aurais probablement eu un blocage de respiration un peu plus tard. Et aussi, parce que chez nous on ne se plaint pas à tout bout de champ. Depuis ce jour, s'il y a un avion boche, je ne bouge pas, sachant qu'il me voit de toute façon.

Donc, on va se retrouver chez Emma et Juste. Je ne sais pas si je suis content ou non. Ce sont des amis de papa que je connais à peine. Ils vivent dans une ferme, avec leurs enfants, Maïu et Mélie. Bien sûr, Maman ne sera pas là. Elle a trop à faire avec ma petite sœur. Alors, là-bas, la vie va être complètement différente et, de plus, on va changer d'école.

Moi, j'aime l'école. J'espère que dans l'autre aussi, on fera des rédactions et qu'on dira des poésies. En ce moment, l'instituteur nous fait apprendre « Le Laboureur et ses enfants ».

Heureusement, je sais que chez Emma on n'a jamais faim et que Juste fait du pain qu'on peut manger aussi bien rassis que frais. Bref, le départ qui a été fixé à la fin de la semaine ne me soucie pas trop.

Maman a fait des recommandations à Marcel, plusieurs fois. Papa ne pourra pas nous accompagner et c'est Marcel qui aura la charge de l'expédition : car c'en est une. Il faudra monter depuis la maison, à pied, par le barrage, jusque chez Emma, en gros trois heures de marche. Puis, Marcel qui est un grand garçon, et l'aîné de plus, devra veiller sur son frère et éviter la bagarre… Maman a bien insisté sur le fait que ce sera la première fois que je passerai par le barrage et que, sans notre père, il faudra être très prudents.

Et tout ça, c'est demain…

II

Campette et son barrage

ÇA N'ARRIVE PAS SOUVENT, mais ce matin je me suis levé le premier. J'ai dormi « sur une oreille » avec dans la tête de vagues images de barrage. La veille, quand nous nous sommes couchés, Marcel n'a pas manqué de me rappeler ce qu'avait dit maman à propos de qui commandait. En plus, il a pris des airs mystérieux pour parler des dangers à venir le lendemain, vers le barrage, et que les froussards n'y auraient pas leur place. De toute façon, on ne pourrait pas lambiner en route avec des pleurnicheries de fatigue et autres simagrées.

Je jette un coup d'œil par la fenêtre et mon moral descend d'un cran supplémentaire. La brume rôde autour de la maison et on ne sait pas s'il fera beau ou non. J'ai une boule au creux de l'estomac et j'ai de la peine à mâcher mes tartines.

Maman a préparé une musette pour chacun avec une culotte courte, une chemise, un chandail et des chaussettes. Marcel, c'est normal puisqu'il est grand, portera en plus quelques tranches de pain pour faire « dix-heures ».

Je me suis armé de courage et nous sommes partis après les dernières recommandations de maman. Je veux montrer à Marcel que je suis aussi courageux que lui et la première heure est bientôt passée. Nous avons pris une petite route empierrée qui passe non loin de notre maison et remonte la vallée jusqu'au barrage. La brume est toujours là. On ne peut voir aucun des deux côtés de la vallée qui est pourtant très étroite. Notre marche est accompagnée par le bruit du ruisseau qui coule en sens inverse le long de la route.

La dernière maison dépassée, il n'y a plus que des aulnes qui pleurent la brume et des buissons de ronces dont les fleurs blanches commencent à piqueter le vert. De temps à autre un pinson, le jabot rougeâtre fièrement gonflé, nous regarde passer avant de s'envoler en traversant la route. Marcel a tout d'abord marché très vite pour m'éprouver, puis la curiosité a pris le dessus et, sans nous arrêter, nous évaluons quel trou peut abriter une truite quand le ruisseau vient couler contre la route.

Depuis un moment, un bruit d'eau plus prononcé nous accompagne et Marcel m'explique qu'il s'agit du déversoir du barrage où l'eau cascade de marche en marche pour aller alimenter le ruisseau au pied du mur. Nous approchons donc, mais je ne vois toujours que des aulnes et des buissons. Il me semble cependant qu'il fait de plus en plus sombre alors que le bruit du déversoir augmente. Soudain, la route vient buter contre un grand mur dont on ne voit ni où il commence ni où il finit.

Je lève la tête, mais j'ai beau écarquiller les yeux, je n'aperçois qu'une paroi de pierre qui se perd tout là-haut dans la brume dont les écharpes vagabondent lentement en léchant les blocs gris. La route oblique brusquement à droite et devient un chemin qui gravit la pente par de courts lacets.

De grands sapins tout noirs ont remplacé les aulnes. On ne voit pas le déversoir, mais le bruit de l'eau semble envahir la vallée enfermée dans un manteau humide. Je prends conscience que j'ai froid.

Marcel me regarde d'un drôle d'air et commence à m'expliquer que bientôt nous allons arriver sur le mur du barrage. Son ton baisse de plus en plus et maintenant il chuchote, ce qui nous oblige à ralentir.

Le barrage est là, à notre gauche. Une petite passerelle au-dessus du déversoir permet d'accéder à une espèce de chaussée pavée qui court sur le mur dont on ne voit pas l'autre extrémité. De chaque côté un garde-fou métallique constitue une maigre protection contre les chutes dans le vide ou dans l'eau.

Tout au bout il y a, paraît-il, une petite maison qui domine le mur. C'est la maison de Campette. Nul ne sait comment est l'intérieur : Campette n'y fait entrer personne. Lui, il garde le barrage. C'est comme si c'était le sien et il laisse passer qui il veut. On ne sait même pas s'il parle vu qu'il est toujours tout seul. Il est habillé tout en noir et si jamais on le voit, il vaut mieux se cacher le plus vite possible. En attendant, silence et attention de ne pas faire rouler des pierres sous nos pas.

J'ai maintenant sérieusement peur d'autant que Marcel ne me semble pas aussi bravache que d'habitude. Il ne marche plus tout seul devant et il choisit les endroits herbeux pour y poser ses galoches. Le chemin longe le déversoir sur une vingtaine de mètres, puis il suit, à l'horizontale, la berge du barrage, zigzaguant en fonction des ondulations de la pente qui s'élève à main droite hérissée de sapins d'où l'eau dégoutte sur la mousse.

À notre gauche la pente, nue, arrive directement dans l'eau grise, immobile, au-dessus de laquelle dérive une buée impalpable. On voit flotter des débris de bois, rougeâtres et gris. Il n'y a plus aucun bruit, et Marcel et moi avançons dans cette atmosphère cotonneuse.

Soudain, un cri jaillit de la brume et semble planer au-dessus de la surface. C'est comme une plainte qui sortirait d'une bouche humaine, ouverte, et qui s'efforcerait de ne pas avaler d'eau :

« Ooooaaaah ! »

Marcel et moi restons suspendus dans notre marche, puis une seconde plainte identique semble répondre à la première, puis une autre encore, là-bas, plus loin. Le silence retombe.

Je me suis rapproché de Marcel qui ne pense même pas à me donner un coup de poing. Il regarde, comme moi, le vide qui fuit au-dessus de l'eau. Au bout d'un long moment sa voix me chuchote à l'oreille que :

« Ça doit être “les noyés” qui nous ont vus et nous appellent. »

Je ne sais pas de quoi il parle mais je suggère que nous continuions sans tarder. L'accord se fait sans discussion et nous reprenons notre marche le plus silencieusement possible. Le mur disparaît peu à peu ; il n'en reste plus qu'une vague ligne entre brume et eau.

Je regarde loin devant moi pour tenter d'évaluer les accidents de terrain. J'ai fourré les mains au fond de mes poches pour réchauffer mes doigts gourds, et c'est alors que je devine comme un mouvement, là, devant nous, à une cinquantaine de mètres. Marcel aussi a vu.

C'est d'abord assez indistinct, puis une silhouette bizarre surgit peu à peu. On dirait un homme à trois jambes qui se dandine en marchant. Marcel est complètement affolé. Il bredouille :

« C'est Campette… Vite, Gilou, il faut se cacher… »

Puis il bondit dans la pente au-dessus de nous et disparaît dans les sapins. Je ne bouge plus, comme si mes pieds étaient soudés au sol mouillé du chemin. Tout mon corps est passé dans mes yeux. Je n'ai même pas peur, c'est plutôt comme une attente anxieuse qui me fait venir à la bouche une salive au goût acide.

Campette s'approche lentement sur le chemin. Bientôt je distingue mieux : un chapeau tout cabossé couvre sa tête ; la barbe, broussailleuse, déborde un peu sur sa vieille veste de chasse ; ses jambes sont garnies de guêtres en toile verte. Il s'appuie, de la main droite, sur un gros bâton ferré qui tinte un peu chaque fois qu'il heurte un caillou. Sa jambe droite semble plus courte que l'autre, ce qui lui donne cette démarche à trois temps qui m'intriguait.

Il regarde sans arrêt du côté de l'eau : il ne m'a pas vu alors qu'il n'est plus qu'à quelques pas. Il s'arrête brusquement :

« Ooooaaaah ! »

Les noyés appellent à nouveau, au ras de l'eau, de différents points. Campette rit en silence. Il me semble qu'il grommelle :

« Vous êtes là ? Cré reinettes ! »

Je n'ai que le temps de penser que c'est donc vrai : il connaît tout du barrage, même les noyés ! Mais il reprend sa marche et, alors, découvre que je suis là. Un peu décontenancé, il s'arrête à nouveau et s'appuie sur son bâton ferré. Sous ses gros sourcils, ses yeux m'inspectent, me jaugent…

« C'gamin-là, tout seul ici, c't'unonte ! »

Ça y est, il est reparti. Je me retourne et je le suis des yeux ; il tangue sur le chemin. Bientôt, je ne le vois plus, mais j'entends dans le silence humide :

« Tchacac, clac ! Tchacac, clac ! »

Campette traverse sur le mur pour rejoindre sa mystérieuse maison.

Je suis encore sous l'effet de la surprise quand Marcel est là, qui me secoue, mais sans méchanceté. À sa voix, je devine la peur qui le tenaille encore et lui fait le débit un peu précipité. Mais il y a comme une réserve dans le ton, même s'il insiste pour savoir : pourquoi je ne me suis pas caché ?

Qu'est-ce que Campette a dit ? Qu'est-ce qu'il a fait ? À quoi il ressemble ?

Je sens bien que je peux profiter un peu de la situation : après tout, je ne me suis pas sauvé, moi. Mais je reste évasif ; pour une fois que je suis le témoin direct des événements et l'acteur aussi, je préfère garder pour moi l'essentiel. Non, Campette ne m'a pas parlé, il a bredouillé je ne sais quoi.

Pour satisfaire sa curiosité, un peu, et beaucoup pour me débarrasser de son insistance, je décris à Marcel la veste de chasse en donnant des détails qui me reviennent après coup, alors que, sur le moment, ils ne m'avaient pas frappé. Elle était fermée par de gros boutons métalliques, chacun portant une sculpture d'un animal différent : chien, sanglier, canard, etc. Ah ! et puis une grande poche, que j'ai vue lorsque Campette est parti ; elle lui barrait le dos et elle semblait gonflée, sans qu'on puisse dire s'il transportait quelque chose de mystérieux là-dedans.

Pour Marcel, qui retrouve peu à peu son aplomb, il n'y a pas de doute, c'est sûrement le résultat de quelque mauvais coup : avec Campette, ça ne peut faire question. Quant à moi, je sens que le doute s'insinue. Un homme qui parle gentiment à ses petites reines, même si elles sont noyées, qui ne fait pas de mal à un garçon de neuf ans, qui peut se permettre de regarder le barrage en marchant et de traverser le mur même à l'aide d'une grosse canne, c'est quelqu'un de pas ordinaire.

Nous avons repris notre marche. Au bout de quelque temps un changement mystérieux se produit. L'atmosphère semble s'éclaircir, la brume est de moins en moins dense. Au-dessus de nous, le ciel apparaît dans des déchirures, pas complètement bleu certes, mais on sent bien que c'est le ciel.

Maintenant, un gros disque, qu'on peut voir à travers la brume, nous suit. Quelques minutes encore et, enfin, nous débouchons en plein soleil dans le grand ciel bleu. Le changement est tellement saisissant que nous nous arrêtons tous deux sans même nous consulter.

À deux cents mètres, on aperçoit le début de la retenue avec le petit ruisseau qui l'alimente. À droite et à gauche, les pentes s'élancent, couvertes de fougères, de genêts à balais et de bruyères. Tout au fond, plus haut sur la gauche, un bois de fayards avale le chemin qu'on voit serpenter et sur lequel nous passerons tout à l'heure. En nous retournant, nous rions d'être enfin sortis de cette masse de coton qui masque encore la majeure partie du barrage.

Marcel me montre, au bord de l'eau, une vaste dalle de pierre, plate comme la main :

« La Pierre au mercier. »

Voilà l'endroit idéal pour faire « dix-heures ». Je m'approche du bord de cette dalle. L'eau est là, un mètre en dessous, grise ou bleue, on ne sait. Des reflets dansent dans cette masse liquide comme des yeux qui se forment et se déforment mais cachent l'essentiel : le fond qu'on n'aperçoit pas.

J'ai soudain la sensation que la dalle s'avance au-dessus de l'eau, dérobant je ne sais quel monde, là, sous nos pieds : les noyés de Marcel, les petites reines de Campette, à moins que ce ne soit la même chose, et tout ça malgré le soleil retrouvé.

Alors, je rejoins Marcel qui s'est déjà jeté sur les tartines. Le plus dur est passé, il ne restera plus qu'à gravir les dernières pentes qui mènent à la ferme, là-haut derrière le bois de fayards.

III

Le cœur de la ferme

IL EST MIDI : nous sommes attablés dans la grande salle de la ferme. Je ne suis venu ici qu'une ou deux fois. Je ne me rappelais pas la profusion de bois dans cette pièce seulement éclairée par une fenêtre, au sud. L'appui de cette fenêtre sert de support à différents objets placés là pour leur côté pratique plus que décoratif. Une petite glace voisine avec deux peignes, une lampe à pétrole et une boîte métallique. Une paire de lunettes cerclées de fer est abandonnée sur un livre qui raconte les apparitions de Fatima.

La fenêtre a été ouverte dans le très épais mur de pierre, et l'encadrement supporte deux ou trois clous auxquels sont accrochés un calendrier et une gravure des *Glaneuses* de Millet.

À gauche de la fenêtre, dans le coin, très sombre, un gros fourneau noir est tapi avec sa petite grille qui laisse deviner les rougeurs du foyer ; la porte du four bâille en attendant un des grands plats qui sont accrochés au mur, voisinant avec différents autres ustensiles de cuisine.

Un gros tas de bûches et une brassée de bois sec, posés à même le sol, séparent le fourneau d'un petit réduit dans lequel une pompe à main et un évier en pierre constituent le seul point d'eau de la partie habitable de la ferme. Au plafond du réduit se balance un garde-manger en bois, dont la porte est constituée d'un panneau de gaze métallique.

Le mur nord, en face de la fenêtre, est caché derrière des panneaux de bois formant de vraies et fausses portes ; deux vraies s'ouvrent sur un placard dans lequel quatre étagères supportent la vaisselle de grès, des jattes et des terrines.

La pendule est à côté et jette une note plus claire avec son cadran blanc et son balancier de cuivre qui va et vient tranquillement derrière une vitre ovale. Elle voisine avec la porte d'un autre placard où Emma range le linge de maison. Deux fausses portes servent de décoration ; devant on a posé la baratte, sorte de tonneau étroit et d'où émerge le battant en manche à balai. À côté, deux panneaux coulissants : dans la journée ils dissimulent le lit-placard où dort Maïu.

Le quatrième côté commence, à la tête du lit de Maïu, par une cloison de brique recouverte de panneaux de bois. Cette cloison s'arrête à la seule porte de la salle. À gauche de cette porte, deux autres panneaux coulissants cachent le lit-placard d'Emma et Juste.

Au plus près de la fenêtre trône une grande table massive, simplement rabotée, avec trois tiroirs de chaque côté. Les sièges sont deux bancs de bois ; table et bancs sont polis et lustrés par l'usage et reposent sur un plancher qu'on se contente de balayer et qui a donc pris une teinte noirâtre. D'ailleurs, personne ne s'en soucie vraiment : on se satisfait de gratter ses sabots sur un paillasson de fer qui, dehors, barre la porte d'entrée de la partie d'habitation.

Le plafond en lambris est soutenu par des solives où sont suspendues des clayettes tapissées de paille ; c'est là que sèchent les *chèvretons*[1] que bichonne Emma. Tout est noirci par la fumée et le temps, et chaque meuble, chaque panneau, chaque ustensile tient, comme par miracle, sa place unique dans la grande salle silencieuse.

Une suspension descend du plafond au-dessus de la table : c'est un simple fil électrique au bout duquel se balance un petit chapeau de lampe en verre translucide. Il dispute l'espace à trois papiers tue-mouches qui ont déjà quelques visites. Une

---

1. Petit fromage cylindrique, au lait de chèvre, qui se mangeait bien sec.

mouche a été prise par une aile et agite désespérément l'autre, une deuxième *zonzonne* en vain, les pattes prises dans la colle jaunâtre.

C'est le seul bruit qui trouble le silence avec celui du couteau énorme dont se sert Emma pour couper le pain. Elle tient une boule qu'elle entame en la calant, sur son ventre, avec le bras gauche. La main droite, qui tient le couteau, taille à l'horizontale des tranches de plus en plus longues. La croûte grésille, un petit filet de farine tombe sur le tablier d'Emma qui pose les tranches dans une petite corbeille d'osier, devant elle. Je suis le mouvement des yeux.

Personne ne parle. Juste est assis près de la fenêtre, le dos au fourneau. Près de lui, une place vide, puis Mélie, les yeux dans le vague. En face, regardant alternativement sa mère puis le fourneau où trône un faitout de fonte noirci par la fumée, Maïu sourit, la figure appuyée dans les mains en coupe. Marcel, à côté de Maïu, se mordille les lèvres d'impatience. Je suis assis près de Marcel, en face de Juste ; moi aussi j'ai hâte qu'on mange.

Quand Emma a fini de couper le pain, elle annonce le *benedicite*. Juste enlève son chapeau et Maïu son petit béret rond.

« Bénissez, mon Dieu, le repas que nous allons prendre. »

Emma a parlé en français. Tout le monde répond :

« Amen. »

C'est le signal. Juste a posé son chapeau sur le rebord de la fenêtre, puis ouvert son Opinel qu'il a cherché au fond de sa poche. Il tend la main vers un plat en terre, au centre de la table et où sont disposés quelques morceaux de petit salé et des tranches de saucisson et de lard froid. Il se sert avec ses doigts et dépose sa quête dans son assiette ; Emma prend la suite, puis Maïu, puis Mélie. Maïu demande à Marcel ce qu'il veut et lui choisit de beaux morceaux pendant que Juste fait de même pour moi.

Maintenant, tout le monde mange. Emma ne s'assied pas : elle a pourtant sa place entre Juste et Mélie, mais elle mange debout, allant de la table au fourneau où, de temps en temps, elle soulève le couvercle du faitout ; s'élève alors un nuage de buée et des odeurs de ragoût arrivent jusqu'à la table. Je regarde, à la dérobée, Juste assis en face de moi.

Il dépose, avec soin, un morceau de cochonnaille sur une tranche de pain et le cale sous son pouce gauche, puis il coupe soigneusement un peu de viande et beaucoup de pain et enfourne le tout sous sa moustache à la gauloise. Alors, il mâche, consciencieusement, en passant la bouchée d'une joue à l'autre, les yeux mi-clos et l'air tout à fait détendu.

Maïu, lui, mangc plus gloutonnement tout en poussant Marcel du coude. Mélie, en face de lui, est assise un peu raide. Elle paraît mal à l'aise comme si elle cherchait à deviner ce que fait sa mère qui se tient derrière, un peu en retrait. J'essaie d'imiter Juste mais je peine : ma main gauche est trop petite et j'ai du mal avec un couteau dont Emma a dit :

« Attention, ça coupe ! »

Je suis surpris du silence qui enveloppe la table. À la maison, maman et papa profitent toujours du repas pour parler de choses et d'autres, et Marcel et moi trouvons facilement un point à disputer… à condition que ce soit à voix basse ! Ici, chacun se concentre sur son assiette et les regards, sans se fuir, ne se rencontrent pas.

Quand tout le monde a vidé son assiette, Emma pose, directement sur la table, le faitout auréolé de vapeur. Il s'en dégage un fumet que je ne connais pas, mais qui fait saliver d'avance. Avec une grosse louche en bois, elle puise une bonne part et la dépose dans chaque assiette, toujours dans le même ordre : Juste, elle-même, Maïu, Mélie, Marcel et moi.

Je regarde dans mon assiette un petit monticule de pommes de terre coupées en dés assez gros et dont les angles ont fondu à la cuisson. Une petite flaque de bouillon constellée de minuscules yeux brillants s'élargit au fond de l'assiette. La vapeur m'envahit le nez, puis le palais.

J'écrase un dé dans le bouillon avec ma fourchette et je mets précautionneusement cette bouillie sur ma langue. Ça brûle délicieusement avec un goût de noisette et un parfum que je ne sais pas définir. Marcel a l'air d'être dans le même paradis que le mien et il ne peut s'empêcher de jeter un :

« Oulàlà ! C'que c'est bon ! »

Toutes les fourchettes s'arrêtent, les nez penchés sur les assiettes se relèvent : Mélie glousse un rire vite étouffé et Juste se racle la gorge. Un début d'ébauche de sourire a traversé le visage sévère d'Emma.

Puis tout retombe dans la routine et les fourchettes s'activent comme si rien ne s'était passé. Marcel et moi avons droit à la demi-louche supplémentaire qui vide le faitout pendant que les autres font disparaître toute trace de ragoût à grand renfort de pain frotté au fond des assiettes.

Emma va dans le réduit, ouvre le garde-manger, en sort une petite planche rectangulaire garnie de paille. Au milieu, bien à l'aise sur leur lit doré, deux chèvretons entiers et un entamé à moitié dégagent un puissant arôme. Emma coupe précautionneusement la moitié restante en trois et fait de même avec la moitié d'un autre chèvreton. Elle fait elle-même glisser une part dans l'assiette de chacun et la planche retrouve sa place dans le garde-manger qui danse un peu sous la poussée.

Le morceau dans chaque assiette n'est pas bien gros, mais il faut au moins une demi-tranche de pain pour en venir à bout. Je mastique, comme Juste, chaque bouchée et, par miracle, le pain se mélange peu à peu au fromage pour ne plus former dans la bouche qu'une pâte lisse, onctueuse et puissamment parfumée. Le visage d'Emma se détend et ses doigts vont chercher jusqu'au moindre grain de fromage dans le fond de l'assiette.

Alors, petit prodige, quelques échanges verbaux traversent la table en vols rapides, entre Juste et Maïu surtout. Il s'agit de choses simples concernant la ferme, les animaux, les récoltes… le tout uniquement en patois. Marcel et moi comprenons ce qui se dit : nos parents parlent souvent patois à la maison.

Juste s'exprime d'un ton égal, sans se presser, en pesant les mots ; il parle comme il mange : juste ce qu'il faut, comme par nécessité vitale. Maïu répond aux questions ou acquiesce et on sent dans son attitude plus de respect et de connivence que de soumission. Emma n'ouvre la bouche que pour donner des ordres brefs, à Mélie surtout. Il n'y a pas à discuter ce que dit Emma et Mélie ne discute pas, mais son visage se crispe un peu et ses paupières voilent un regard qui s'aiguise.

Pendant ce temps de relâchement, Juste a sorti de sa poche une pipe de bois qu'il a manifestement creusée lui-même. Il cueille délicatement deux ou trois pincées de tabac brun dans un paquet déjà bien entamé et qui dormait dans la boîte en fer sur l'appui de la fenêtre. Il tasse le tabac dans le fourneau à l'aide de l'index puis il allume la pipe à la flamme d'un briquet de cuivre fabriqué dans une douille de cartouche. Alors, il aspire, comme à l'économie, de petites bouffées avec un léger bruit des lèvres. Emma fait un peu la grimace quand l'odeur de tabac arrive jusqu'à elle.

La pendule marque 1 heure. Juste range la pipe éteinte dans sa poche, s'essuie la bouche et les moustaches d'un revers de manche, passe soigneusement les deux faces de la lame de son Opinel sur son pantalon, le ferme puis le glisse dans sa poche. C'est comme un signal. Tout le monde se lève, les bancs raclent le plancher. Juste et Maïu s'en vont, suivis de Marcel fier comme Artaban que Maïu lui ait dit :

« Allez, valet, on y va ! »

Je reste dans la salle avec Emma et Mélie qui nettoient la table et font la vaisselle.

IV

Le berger découvre la ferme

LES TÂCHES ONT ÉTÉ DISTRIBUÉES, sans appel. Emma a décrété que celui qui mange travaille. Marcel et moi mangeons, donc il faudra travailler. Dans une ferme, on commence par être berger, je serai berger sous la houlette de Mélie. Puis, on devient valet, bien sûr, plus tard, quand on est plus grand. Marcel est presque en âge d'être valet : il le sera donc, avec l'aide de Maïu. Dans quelque temps (!), on verra s'il peut être domestique, comme Maïu ! Il paraît que c'est comme ça partout ; je me demande si Emma est décidée à faire comme dans les autres fermes, les grandes… Pourvu que j'y arrive !

En attendant que Mélie soit libre pour « aller en champ » avec moi, je sors déambuler dans la cour, pour l'instant occupée par les poules qui grattent frénétiquement, celle-ci une bouse séchée, celle-là une touffe d'herbes entre les cailloux.

Maria, la chatte écaille, dort sur le rebord de la fenêtre de la grande salle. Mirette, la chienne noir et blanc, accourt et m'étourdit de coups de langue. Je sors de ma poche quelques rogatons grappillés pendant le repas. Ils disparaissent dans la gueule noir et rose : Mirette et Juste n'ont pas la même vision de la nourriture !

L'agencement des bâtiments de la ferme me fait penser à un petit château fort. Les pierres enclosent un monde de gens, de bêtes, de choses. La cour, en pente, en est le centre. Le corps principal, à l'ouest, est constitué d'une bâtisse massive : l'étable, avec son entrée fermée par un petit portail dans lequel est découpée une porte simple, s'arc-boute pour supporter la grange.

Là est un monde de paille, de foin sec, d'odeurs, accessible aux chars par un plan incliné en terre-plein et fermé par un grand portail de bois à deux vantaux. À droite de ce portail, le bâtiment d'habitation ferme l'angle en revenant vers l'est. En son milieu, la porte d'entrée semble écrasée sous son lourd linteau de pierre.

De chaque côté de la porte, la façade s'éclaire un peu de deux fenêtres : celle de la « chambre » à gauche, celle de la grande salle à droite et sous laquelle un *bachat*[1] s'adosse au mur. L'auge en a été taillée dans un énorme bloc de pierre. L'eau y coule, sans arrêt, surgissant, par un tuyau de fer, d'une colonne de bois gorgée d'humidité et balafrée de traînées de mousse verte. L'évacuation se fait par un regard couvert d'une grille de métal. On peut lire une inscription à moitié effacée : Pont à Mousson ; ça m'amuse !

En face du bâtiment d'habitation, le côté sud de la cour est limité par un mur qui sert d'appui à un toit sommaire avec l'aide de simples poteaux de bois fichés dans la terre battue. Cela forme une espèce de hangar ouvert sur la cour et fermé sur l'extérieur et où l'on se sent dans la sécurité générale qui baigne l'ensemble.

Le U grossier des bâtiments peut être refermé par un grand portail, à l'est, grâce à deux vantaux accrochés chacun à un pan de mur de retour.

De la cour s'échappe un chemin carrossable qui monte, longeant par la gauche champs et prés de la ferme, en une vaste courbe à flanc de coteau, puis atteint le village des Lagiers. On en aperçoit quelques toits de tuiles par-dessus des bouquets de frênes, plus haut vers l'est. C'est là que Marcel et moi irons à l'école à la prochaine rentrée.

---

1. Bassin de bois ou de pierre dans lequel s'abreuvent les animaux.

Derrière la ferme, longeant la grange, le même chemin descend vers *chez Charrat* puis rejoint le barrage par où nous sommes arrivés.

Je me sens un peu enfermé dans la cour, je franchis le portail. Au bord du chemin, un grand et vieux cerisier somnole, entouré de son ombre étalée sur l'herbe rase. De là, le hangar ne bouche plus la vue sur le midi. Les prés vont en pente douce jusqu'au ruisseau qui alimente le barrage : c'est le début de la vallée qui descend à la maison. Puis, au-delà, la pente se redresse précédant un moutonnement de collines où alternent prairies et petits bois. Toutes les croupes sont couronnées de ces bois, où croissent librement pins sylvestres, chênes, bouleaux et hêtres.

Je m'allonge sur le dos pour rêvasser un peu. En définitive, j'ai oublié mon inquiétude du petit matin. J'ai un pincement au cœur parce que je viens de penser à maman. Elle nous a dit, quand nous sommes partis, qu'à notre retour elle serait sûrement allée acheter un petit frère ou une petite sœur à Saint-Étienne. Marcel s'est détourné pour rire en silence. Moi j'ai pensé qu'avec déjà Marie, notre petite sœur, ça allait faire beaucoup de bruit et encore moins de place qu'avant.

Je crois que je vais quand même pouvoir aimer notre nouvelle vie ici, même si Emma m'effraie un peu. J'ai à peine le temps de fermer les yeux que Mirette vient me lécher la figure et que j'entends la voix de Mélie qui m'appelle :

« Gilou, Gilou, allez ! C'est l'heure ! »

V

On va « en champ »

MÉLIE POUSSE LA PETITE PORTE pour entrer dans l'étable. Je la suis pour pénétrer dans un autre monde. D'abord, il fait très sombre, avec, juste dans notre dos, un peu de lumière qui vient de la porte. Au bout du noir, là-bas à gauche, un petit *cafuron* laisse filtrer un maigre filet lumineux. C'est une confusion de bruits sourds, d'odeurs lourdes et chaudes : bruits de chaînes, de paille foulée, de chocs sur du bois dur ; odeurs de fumier, de paille fraîche, de foin, de poussière…

Je reste, interdit, dans la lumière de la porte pendant que Mélie s'affaire à enlever les crochets métalliques qui retiennent le portail. Elle repousse celui-ci au-dehors et la lumière fait un bond dans l'étable. Huit têtes cornues se retournent à la fois ; huit paires d'yeux, grands et doux, scrutent les arrivants.

Les huit vaches sont là, l'arrière-train tourné vers la porte avec des queues qui fouettent, sans hâte, les flancs de leur propriétaire. Chacune est attachée par une chaîne qui luit doucement, dans la demi-obscurité, à la mangeoire devant elle. Celle-ci est vide, de même que le râtelier au-dessus qui barre le mur tout le long de l'étable. Il y a une quinzaine de stalles mais huit seulement sont occupées : la ferme d'Emma et Juste est une petite ferme.

Le plafond de l'étable est très bas, porté par de grosses poutres mal équarries. Les murs de pierre ont été enduits à la chaux, il y a longtemps. La poussière a tout poudré d'un voile grisâtre : les aspérités des pierres des murs, les fentes dans les poutres, les toiles d'araignées innombrables qui s'agitent mollement dans le léger courant d'air.

Au sol, un tapis brun de bouse séchée amortit le bruit des sabots des bêtes et des hommes… L'étable est parcourue en son milieu par une rigole où s'écoule le purin jusqu'à un regard là-bas sous le cafuron. Les bêtes s'agitent sur leur lit de paille, où ont éclaté, çà et là, des bouses concentriques.

Dans le mur, en face des râteliers, sont fichés de nombreux clous, très longs et rouillés, qui ne supportent rien… En dessous, trois tabourets de bois à trois pieds attendent sagement.

Le fond de l'étable est séparé en deux par une claie de planches à hauteur d'homme. Sous le râtelier, une chèvre est attachée par une corde de deux mètres environ qui aboutit à son collier de cuir. Emma l'appelle Julie et ne permet à pratiquement personne de s'occuper d'elle.

En face, de l'autre côté de la claie, un squelette de petit lit métallique gît dans la paille. Je suis tout saisi et reste là, les bras ballants, à regarder cette misérable petite chose. Un matelas de crin, tout flasque et gris, est affalé, pendant au travers du lit. Mélie croit savoir que le dernier berger qu'il y a eu à la ferme dormait ici. Elle ajoute, d'un air sérieux un peu appuyé, que Ma a probablement prévu autre chose pour moi. Elle a bien dit Ma, d'un ton neutre, pas maman, ni Emma, mais Ma tout court… Il me revient tout d'un coup que Maïu aussi dit Ma.

Une boule à l'estomac me gêne un peu tout à coup. Je regarde à nouveau le lit. Comment faisait-il pour dormir là-dessus ? La nuit, il était tout seul… C'est pas très propre… Et il y a l'obscurité et les bruits… Non, je ne crois quand même pas qu'Emma va me faire coucher là…

Mélie me montre chaque vache l'une après l'autre. La première, un peu à droite, en face du portail, c'est Lorraine. Elle est noire avec de grandes taches blanches, les cornes noires aussi, un peu courtes. Puis Reine, rouge avec des taches blanches, puis Duchesse qui ressemble à Reine, c'est drôle ! Et Marquise aussi ! On dirait les trois sœurs ! Entre Marquise et la Rouge il y a une stalle vide. La Rouge n'aime pas avoir une voisine à sa droite. Mélie semble trouver ça naturel. Restent enfin la Bayarde, Lionne et la Noire.

Je trouve les quatre dernières plus petites et plus nerveuses que les autres. Mélie dit que ce sont celles qu'on met au joug. D'ailleurs elles ont de moins grosses mamelles que les quatre premières, Lorraine surtout qui a l'air d'écarter les pattes arrière pour marcher.

Mélie explique, tout en détachant les vaches et en commençant par Lorraine : aller jusqu'à la chaîne à droite de la vache (attention, sauf pour la Rouge), défaire la boucle de la chaîne, dire « allez Lorraine » ou Reine ou Marquise… La vache part à sa gauche, sauf la Rouge, bien sûr, et sort dans la cour. Aller alors à gauche de la Rouge, toujours en dernier, et la détacher : elle sort par la droite non sans jeter un coup d'œil curieux sur le petit homme qu'elle ne connaît pas. Mélie ne sait pas pourquoi la Rouge est attachée au milieu des autres et pas au début ou à la fin ; est-ce que ça a une importance ?

Voilà, toutes les vaches sont sorties, bien gentiment. Il ne reste que Julie qui nous regarde d'un air énigmatique. Mélie et moi sortons à notre tour, non sans prendre un des bâtons debout à côté du portail.

« N'oublie pas de le remettre ! »

Il faut retenir beaucoup de choses pour être berger ! Les vaches sont en train de boire au bachat, la

Rouge au milieu alors qu'elle est sortie la dernière… Mirette accourt, la queue frémissante et, sans hésiter, suit Mélie partout en poussant de petits cris de plaisir. Les huit vaches boivent peu et abandonnent le *bachat*, le mufle dégoulinant, puis prennent sans hésiter la direction du portail et du chemin. Je n'en reviens pas, la Rouge est devant, Lorraine en serre-file.

Juste a demandé à Mélie d'aller, aujourd'hui, au « pré du barrage ». Je pense donc que nous allons descendre *chez Charrat*, mais non, nous montons, faisons le tour d'une croupe ronde derrière la ferme avant d'atteindre un vaste pré en combe bordé de genêts à droite, d'un champ à gauche et d'un bois de hêtres au fond.

De là, on aperçoit le mur du barrage, et tout en bas, une partie de la retenue. Je comprends alors qu'un des bras du barrage nous était caché par la brume, ce matin. Ce bras remonte sous le bois de hêtres et ce n'est pas le même que celui où se trouve la Pierre au mercier. Appuyée à la pente, comme une tour minuscule, la maison de Campette surveille le mur et l'eau.

Et voilà, les vaches se sont mises à brouter. Toutes vont dans le même sens, à l'horizontale, sur la pente douce qui descend depuis les genêts jusqu'au fond de la combe. Là, on devine que l'eau a creusé une rigole qui file, noire, dans l'herbe et se perd plus bas, au milieu des hêtres, emmenant l'eau jusqu'au barrage.

Quand les vaches arrivent au bout de leur traversée, toutes se retournent en même temps, ou presque, et entament le retour jusqu'à l'endroit où Mélie et moi sommes assis avec Mirette qui laisse pendre une langue rose hors de la gueule et halète doucement. L'endroit est bien choisi, à l'ombre d'un grand frêne et d'où l'on peut surveiller tout le pré sans avoir à bouger.

Mélie a sorti, d'un grand sac noir qu'elle a apporté, des chaussettes qui paraissent toutes identiques, en laine grossière, d'une couleur indéfinissable entre gris et marron. À l'aide d'un peloton de laine semblable, elle commence à repriser en puisant une chaussette après l'autre dans le tas posé devant elle.

De temps en temps, elle s'arrête, jette un coup d'œil rapide sur les vaches, puis son regard semble partir là-bas, au-delà du barrage. Elle soupire un peu, et paraît reprendre conscience de quelque chose ; les yeux redescendent sur la chaussette abandonnée dans ses mains, au creux du tablier… Le ravaudage occupe à nouveau son esprit.

Je sais, par maman, qu'elle a un peu plus de seize ans. C'est la dernière fille d'Emma et Juste qui ont eu deux autres filles, plus âgées et mariées à des paysans de Saint-Genest. Pas très grande, elle est jolie avec ses joues un peu rondes, bien roses sous les cheveux noirs dont elle fait deux tresses enroulées sur les oreilles. Les yeux noirs, comme ceux de Juste, regardent sans ciller sauf, peut-être, quand ils croisent ceux d'Emma. Elle a replié ses jambes solides sous elle. On ne voit que ses pieds nus : elle a posé ses sabots à côté du sac noir.

Je suis content de faire le berger avec Mélie ; maman m'a dit qu'elle serait un peu sa remplaçante si j'étais gentil avec elle… Moi, je veux bien, mais je ne sais pas ce qu'en pense Mélie derrière ses yeux noirs. Depuis qu'on est sortis de la cour, elle n'a parlé qu'à Mirette, enfin… elle a envoyé la chienne deux ou trois fois pour ramener une vache récalcitrante, la Rouge évidemment, qui s'égarait du côté des genêts. Tiens, justement voilà la rebelle qui recommence. Je crie comme j'ai entendu Mélie le faire :

« Mirette, va *caïre* la Rouge ! »

Mélie lève les yeux. La chienne s'est dressée mais sans plus. Elle regarde Mélie d'un air interrogateur :

« Va la caïre ! »

La chienne part à toute allure alors que Mélie finit à peine de donner l'ordre. Bouououh ! Comment je vais faire quand je serai tout seul ? Mélie a dû deviner et me rassure. Quand nous serons seuls Mirette et moi, elle obéira très bien. Bon, alors c'est pas si dur que ça de garder les vaches !

Entretemps, Mirette est arrivée vers la Rouge qui balance un peu la tête, cornes en avant, le mufle au ras de l'herbe. Le face à face avec la chienne qui aboie dure peu : la grosse bête cède devant la petite et rejoint le reste de la troupe en lançant une ruade de dépit. Je n'arrive pas à le croire : c'est un vrai prodige, et Mirette qui revient, toute faraude, chercher une bonne caresse de récompense.

Je me sens tellement bien que je m'allonge dans l'herbe pour regarder le soleil à travers les feuilles du frêne. Puis je ferme les yeux en abaissant les paupières, comme un rideau léger. Au bout d'un instant, le rideau est orange, puis, si je plisse un peu les paupières il est plus épais et devient rouge… orange… rouge… orange… rouge… or…

Je sens une main, gentille, qui me caresse les cheveux. Je fais celui qui ne sent rien. Je me suis endormi et c'est Mélie qui tente de me réveiller. Je devine son visage penché vers moi. J'ouvre les yeux ; Mélie retire sa main, timidement. Elle dit qu'après tout il est normal que j'aie sommeil avec le trajet du matin, le changement et tout le reste.

Le soleil est maintenant descendu, là-bas, plus loin que le barrage dans lequel il pleut des étincelles.

D'après Mélie, il faut rentrer. Alors elle se met à chanter une étrange mélodie à deux notes, une haute, une basse :

« À l'eau ! À l'eau ! »

Les vaches lèvent la tête. Puis Lorraine commence à revenir vers nous, suivie de Reine et de tout le troupeau. Je chante aussi :

« À l'eau ! À l'eau ! »

Mélie rit de toutes ses dents en disant que je le fais très bien. Mirette court autour du troupeau, tout excitée. On prend le chemin du retour.

Les vaches vont lentement, plus que tout à l'heure. Lorraine a les pattes plus écartées que jamais avec, au milieu, ses grosses mamelles qui se balancent. Même la Rouge me semble plus calme. Nous descendons le chemin jusqu'à la ferme.

Les premières vaches arrivées s'installent pesamment, la tête au-dessus du bachat, le mufle dans l'eau, les naseaux au ras de la surface. On entend les aspirations lentes et profondes tandis que les naseaux soufflent, ridant l'eau où flottent des brins d'herbe. Les vaches boivent beaucoup plus qu'au départ. Quand une a fini, elle gagne tranquillement l'étable où Mélie est déjà entrée. Il ne reste plus qu'à attacher la chaîne autour du cou puissant, en passant par la droite, sauf pour la Rouge, bien sûr !

J'ai essayé d'attacher Reine. Elle m'a regardé venir avec curiosité, mais sans inquiétude. Oh là là ! Mais je n'y arriverai jamais avec son gros cou et mes petits bras ! Mélie rit et vient me tirer d'affaire. Voilà ! tout le monde est à sa place, même les bâtons ; les grosses bêtes commencent à ruminer, qui couchées, qui debout. Mélie referme le portail sur des raclements de chaînes et des chocs sourds de cornes contre les râteliers.

VI

Du lit de feuilles au *ratapenat*

Je passe la porte d'entrée après avoir gratté mes galoches sur le paillasson de fer. Un couloir dallé de pierres s'enfonce dans la maison. Au bout, les premières marches d'un escalier de bois, sans rampe, se perdent dans le plafond. À deux ou trois mètres, sur la gauche, une mystérieuse porte clôt la chambre. En face, la porte de la salle est ouverte.

Sauf Emma qui s'affaire, les autres sont déjà là, assis, attendant patiemment le repas. La pendule marque 7 heures. Une très courte impression de déjà-vu se dégage avec quelques variantes : il n'y a sur la table qu'un plat de cochonnaille, des verres et des couteaux, mais pas d'assiettes. Sur le fourneau, une marmite a pris la place du faitout et l'odeur de cuisson n'est plus la même.

Emma pose la marmite toute fumante sur la table et en ôte le couvercle découvrant une soupe de choux et de pommes de terre. À la surface nage une belle tranche de lard qu'elle met sur le plat de cochonnaille. Allez ! on ôte les couvre-chefs, on dit le *benedicite* et… chacun ouvre son tiroir et en sort un bol de faïence et une cuillère… ! Le cérémonial du repas peut commencer.

On mange lentement, plus encore qu'à midi et on parle moins encore, si c'est possible. Quand tout le monde a fini, chacun rouvre son tiroir et y range son bol et sa cuillère. Alors Emma donne les consignes pour la messe, demain dimanche. Maïu ira à la « première » à 7 heures avec Marcel. Emma, Mélie et moi irons à la « grande » à neuf heures et demie. Pour Juste elle ne dit rien.

La vaisselle est vite expédiée pendant que Juste et Maïu vont traire les vaches. Puis Emma nous entraîne, Marcel et moi. Je suis un peu oppressé : on va savoir où on couche. Ouf ! Elle pousse la porte mystérieuse en face de celle de la salle. Elle dit que c'est là et nous montre un lit-placard contre la cloison qui longe le couloir, à gauche en entrant. C'est le pendant de celui de Maïu, mais il est plus éclairé grâce à la fenêtre. Il est étroit et Emma ajoute que Marcel couchera « à la tête » et moi « aux pieds ».

Je n'y comprends goutte vu la forme du placard : sur un fond en planches, à un peu plus d'un mètre de hauteur, est allongé ce qui ressemble à un matelas. Marcel appuie la main dessus : ça fait un chuintement bizarre. Aussitôt je l'imite et je sens sous les doigts comme un froissement de choses mystérieuses qui se mélangent avec un bruit de papier sec ou quelque chose d'approchant. Marcel et moi regardons Emma, un peu interdits. Elle dit que les feuilles n'ont pas encore servi et qu'elles ont été ramassées, bien sèches, en novembre dernier, sous les fayards du bois vers le pré du barrage. Alors je m'explique mieux l'odeur d'automne qui se dégage du matelas et le bruit qui s'en échappe lorsqu'on le touche.

Cependant, Emma enveloppe le matelas d'un drap gris propre mais un peu rêche et met un polochon à chaque extrémité du lit. Elle étend une couverture en laissant une entrée libre vers chaque polochon. Voilà, le lit est prêt ! Emma s'en va. Nous pouvons alors visiter la « chambre » !

Elle est aussi grande que la salle. Contre le mur la séparant de la cour il y a un autre lit, métallique celui-là, plutôt étroit et recouvert d'une courtepointe blanche. Donc, il sert à quelqu'un, Mélie probablement.

Une robuste armoire rustique écrase la petite surface du plancher gris qui part de la porte et partage la pièce en deux et dont la plus grande partie est en terre battue. Tout le fond de la chambre, en face de la fenêtre, est constitué d'un solide mur de pierres, comme à l'étable. En face de la porte, un autre mur contre lequel s'appuie l'armoire est en pierre, lui aussi, et sépare la chambre de la grange. Tous deux ont été passés à la chaux, mais il y a longtemps, et ils sont plus noirs que ceux de l'étable. L'explication en est simple : tout le fond de la chambre constitue le fournil.

Dans l'angle opposé à celui qu'occupe le lit-placard, le four à pain attend la fournée que Juste fait cuire tous les quinze jours. À côté, des tas de bûches et de petits fagots de bois sec sont posés à même la terre battue. Leur font suite quelques sacs de farine d'où s'est échappé un peu de blanc qui balafre le sol noir. Enfin, dans le coin, à droite de la porte d'entrée, un pétrin rudimentaire complète l'ameublement. Lorsque Emma a tiré de l'armoire le drap et les polochons, j'ai eu le temps de voir quelques vêtements pendus et des chaussures, noires, alignées dans le fond.

Marcel, qui connaissait déjà, ne fait pas de commentaires particuliers et il ne me laisse pas le temps de lui poser des questions. Des choses bien plus importantes se passent à l'étable et il y court me laissant à mon exploration.

Je sors dans le couloir. À ma gauche, l'escalier de bois m'intrigue. Je ne sais pas si je peux aller voir là-haut ce qui se passe. J'hésite et finalement me décide ; l'escalier, très raide, débouche sous le toit en pente. La lumière du soir arrive au ras du plancher par un œil-de-bœuf, juste en face. À première vue, il n'y a pas grand-chose d'intéressant si ce n'est une espèce de grande cage en planches soigneusement colmatée par des liteaux. Elle mesure trois mètres de côté environ et deux mètres cinquante de hauteur. Une porte, fermée, en interdit l'accès. Je vais pour l'ouvrir quand une sabotée dans l'escalier arrête mon geste.

Emma, la mine renfrognée, apparaît en haut de l'escalier. Elle tient un grand couteau dans la main droite. Elle voit mon regard apeuré qui va de son visage au couteau. Elle s'approche et ordonne, mi-sévère, mi-amusée, au petit curieux qui est là d'ouvrir la porte du « charnier », ce qui me fait, tout à coup, penser à la chanson des trois petits enfants et de saint Nicolas que nous chante maman. J'obéis, un peu tremblant ; une odeur forte et comme salée me saisit à la gorge.

D'abord on ne distingue pas grand-chose. Quelques ouvertures rectangulaires, grillagées comme le garde-manger, permettent l'aération de la cage mais laissent à peine pénétrer la lumière déjà chiche du jour qui tombe. Pourtant, dans la pénombre, on commence à distinguer des silhouettes : des grandes, des petites, des rondes… qui toutes se balancent au bout de ficelles ou de cordes descendant du haut de la cage, dans le noir.

C'est plutôt effrayant. Puis je respire mieux : je viens de comprendre. Il y a là des saucissons, des jambons, un grand manteau de lard, une vessie gonflée de saindoux et, par terre, deux ou trois jarres de terre remplies de saumure où baigne le petit salé ! Je pense qu'on n'est pas près de mourir de faim.

Sans explication Emma coupe, dans le manteau, un gros morceau de lard, dépend un saucisson d'un coup sec. On sort et elle referme soigneusement la porte. Je redescends en faisant très attention de ne pas culbuter la tête la première. Emma, elle, descend à reculons en se retenant de la main gauche. Ses jupons jusqu'à mi-mollet se balancent. Tiens ! elle porte de gros bas noirs dans ses sabots.

Nous entrons dans la salle où Mélie, qui travaille, me jette un sourire rapide. Emma met le lard et le saucisson dans le garde-manger puis se saisit d'une seille. Si le petit curieux veut voir comment on trait une chèvre, c'est le moment. L'invite est faite d'une voix un peu rogue, mais c'est quand même une invite. La curiosité est la plus forte : je suis Emma. Un coup d'œil à la pendule : il est presque 9 heures déjà.

Nous entrons dans l'étable. Une lampe rudimentaire est allumée au-dessus du portail. L'ampoule, constellée de chiures de mouches, disperse une maigre lumière qui éclaire à peine les deux extrémités de l'étable. Surprise ! Je ne vois personne que Marcel qui s'escrime avec une fourche à quatre dents assez courtes. Il remue la paille autour des vaches comme, sans doute, il l'a vu faire par Maïu. Toute trace de bouse a disparu et la paille fraîche brille doucement entre les pattes des vaches.

Emma se saisit d'un tabouret, le seul qui reste d'ailleurs : c'est bizarre. Elle se dirige vers Julie qui pousse un petit bêlement en reconnaissant Emma. Elle pose la seille entre les pattes arrière de Julie puis s'assoit sur le petit tabouret juste derrière la chèvre. La petite queue de Julie s'agite sans cesse frôlant la tête d'Emma qui saisit dans chaque main un des énormes pis. Elle les malaxe un peu, puis d'un mouvement régulier elle commence à traire alternativement d'une main, puis de l'autre. Le lait sort en jets puissants qui font chanter la seille sur un ton aigu. Puis le lait monte en moussant et le bruit s'atténue jusqu'à n'être plus qu'une espèce de ronronnement étouffé.

Tiens ! j'ai entendu la voix de Maïu. Donc, il est là, dans l'étable. Je suis la rigole et je le découvre, assis sur un tabouret, la tête appuyée au flanc droit de Reine. Il a calé une seille entre ses genoux et il trait tranquillement la vache qui rumine. Juste est à côté et s'occupe de la Rouge, mais appuyé au flanc gauche ! Voilà pourquoi je ne les ai pas vus en entrant : ils sont à moitié sous les bêtes, les pieds enfoncés dans la paille fraîche, bête et homme confondus. Quand une seille est pleine, celui qui trayait va jusqu'à une *biche* et y verse soigneusement le contenu de son récipient. À la fin de la traite, il y a ainsi deux biches pleines que Juste et Maïu portent, successivement, en les tenant chacun par une anse, jusqu'au bachat. Un petit compartiment, recouvert d'une porte horizontale à claire-voie, reçoit, dans l'eau fraîche, les deux récipients que le laitier viendra chercher, très tôt, avec ceux de la traite du matin. Emma, qui en a terminé avec Julie, a déjà regagné la salle portant sa seille de lait de chèvre.

Ouf ! Il semble que la journée de travail soit finie. Juste jette un dernier coup d'œil dans l'étable. Toutes les vaches sont couchées, ruminant paisiblement. Il éteint la lumière et c'est le noir, presque absolu. Il referme la petite porte derrière lui et rejoint la salle. Emma a dû allumer la lampe car on en devine la lueur derrière la fenêtre.

Avant que nous n'entrions à notre tour, Maïu nous entraîne, Marcel et moi, vers le portail. Là, il allume une lampe que je n'avais pas vue et qui est bien abritée sous un auvent de tôle accroché au mur. Il met un doigt sur sa bouche pour nous signifier le silence. Nous attendons, tous les trois, cachés dans l'ombre du portail.

Petit à petit, l'espace autour de la lampe semble s'animer. Bientôt, des dizaines d'insectes ailés, minuscules ou grands comme des papillons, tournoient sans bruit dans le halo. Maïu scrute attentivement le vide et tout à coup il chuchote :

« Le v'là, le v'là. »

Alors nous voyons passer, tout zigzaguant, apparaissant et disparaissant dans l'obscurité, une bête volante grise ou noire, on ne sait… Elle paraît à peine plus grosse qu'un moineau, mais son vol imprévisible la rend mystérieuse et inquiétante.

Maïu, qui semble surveiller sur nos visages des réactions espérées en secret, murmure dans nos oreilles :

« C'est le ratapenat ! »

La bête continue à aller et venir, tantôt visible, tantôt invisible. Maïu ramasse une poignée de terre et quand le ratapenat passe dans le halo, il lui jette la terre qui décrit une courbe empoussiérée à hauteur de la lampe. Peine perdue ! La bête a semblé deviner ce qu'allait faire Maïu et repart à la verticale, en angle droit, en évitant le nuage. Tous trois faisons des tentatives, toutes infructueuses ; le ratapenat paraît bien plus malin que nous.

« Alors Maïu, c'est l'heure ! »

Mélie nous appelle de la porte, mais sans sortir. Le ratapenat se met volontiers dans les cheveux des filles ! C'est du moins ce que prétend Maïu le plus sérieusement du monde. Nous rentrons mais je surveille mes arrières, même si je suis un garçon !

Emma, Juste et Mélie sont assis, chacun à leur place, mais devant la table vide. Les derniers arrivants s'installent à leur tour. Emma se lève. Tout le monde se lève. Juste pose son chapeau, Maïu prend son petit béret rond et se met à le triturer entre ses mains. Emma commence à réciter les prières du soir. Elle parle à voix haute et intelligible. Maïu laisse échapper un mot qu'on entend de temps à autre, mais au bon moment, ce qui démontre qu'il connaît les prières par cœur. Juste et Mélie remuent simplement les lèvres. Tous ont les mains sur le ventre et les yeux baissés. La pénombre a envahi la salle, sauf autour de la table. Il est 10 heures.

Cette fois-ci, la journée est bien finie. À la maison, maman nous répète trois ou quatre fois qu'il est l'heure d'aller au lit, mais ici, un regard d'Emma suffit. Pourtant, Juste nous retient, Marcel et moi. Il prend, dans son tiroir, une règle plate et un crayon rouge, large et plat, dont il ne reste que le bout. Pour chacun, il mesure le dessous du pied et inscrit des chiffres mystérieux sur un petit morceau de carton qu'il glisse, avec un sourire en coin, sous le ruban de son chapeau. Nous n'en saurons pas plus pour ce soir.

Deux minutes plus tard, Marcel et moi sommes couchés, lui « à la tête » et moi « aux pieds ». En fait, nos pieds ne se touchent même pas et nos têtes encore moins ! Voilà qui va éviter bien des respirations bloquées. Tandis que nous nous retournons, en riant comme des fous, sur notre lit de feuilles, Marcel m'abreuve de ses exploits de la journée avec Maïu. L'odeur d'automne a envahi tout l'espace dans le lit-cage : on peut imaginer être couchés sous les arbres, dans le noir…

Mélie arrive et ferme la porte de la chambre. Elle se déshabille dans l'obscurité. Marcel ricane bêtement, sous la couverture, mais sans méchanceté. Puis on entend le petit lit qui grince un peu. Encore deux ou trois rires étouffés par des : « Allez, les gamins, il faut dormir ! », et le silence s'installe. Déjà, j'entends la respiration régulière de Marcel. Dans ma tête, les faits marquants de la journée défilent, des silhouettes surtout : le mur du barrage, Campette, le charnier, le ratapenat… Tout à coup, je me rends compte que je n'ai presque pas pensé à maman, à Marie et à papa. J'ai un peu honte. Mais c'est décidément la journée des surprises ! Voilà que, maintenant, se produisent comme des grattements, de petits cris aigus, des frottements légers…

Je suis sûr que ça ne vient pas du matelas tellement que je retiens mon souffle.

« Mélie… Mélie… tu entends ? »

La voix ensommeillée de Mélie se fait rassurante :

« Dors, mon petitou, c'est les souris. Tu t'y feras vite ! »

Ah bon ! Alors je dors.

VII

Première messe à Saint-Genest

Je viens à peine de m'endormir. Pourtant quelqu'un me touche l'épaule, une main fraîche, puis une voix gentille :

« Allez, gamin ! c'est l'heure ! »

Maman ? Ah ! non, c'est Mélie qui m'appelle. J'ouvre les yeux et il n'y a plus de doute : il fait jour. Je suis tout seul dans le lit. Je me souviens : Marcel a dû se lever sans me réveiller, pour aller « à la première » avec Maïu. Je n'ai encore jamais connu un sommeil comme ça et, en plus, je me sens tout gaillard.

Dans la salle, la pendule marque 8 heures. Le soleil passe à travers la fenêtre et tombe en plein sur *Les Glaneuses*. J'entends Juste qui met les biches de la traite du matin dans le bachat. Sur la table, il y a mon bol, plein de lait fumant, avec deux grosses tartines beurrées. Ça tombe bien, je me sens de taille à en manger quatre. Le lait a un petit arrière-goût de soupe aux choux ! Il faudra que je pense à bien essuyer mon bol ce soir.

Je rêvasse un peu pendant que la queue et la tête de Maria apparaissent derrière la fenêtre.

« Dépêche-toi, on va être en retard ! »

Emma me ramène à la réalité. Elle en est à mettre la dernière main à sa coiffure. Elle peigne ses cheveux qui descendent jusqu'à ses épaules. Ils sont très beaux, châtains avec des fils gris. Comme ça, elle n'est plus tout à fait Emma. Ensuite, elle les relève en couronne et en fait un chignon très serré sur le dessus de la tête. Aujourd'hui, elle rajoute un petit chapeau de paille noir, verni, agrémenté d'un bouquet de trois cerises, d'un rouge très foncé.

Ainsi coiffée, elle va et vient, terminant ses préparatifs. Puis elle met, sur la table, une casserole à moitié pleine d'eau fraîche, saisit un torchon à vaisselle propre dans le placard. Un des coins du torchon sert de gant de toilette : j'ai droit à un débarbouillage maison : oreilles, cou, museau… ça s'arrête là ! Elle m'essuie avec le reste du torchon. Je peux finir de m'habiller. Je n'ai encore pas vu Juste et il va être huit heures et demie. C'est l'heure de partir : il y a une heure de marche jusqu'à Saint-Genest.

Emma marche devant, très droite. Les cerises dansent un peu. Elle a mis un corsage blanc, une grande veste noire, tricotée, sur sa robe grise à toutes petites fleurs, qui descend à mi-mollet, et ses inévitables bas noirs… Je prends conscience, tout à coup, qu'elle est en sabots, Mélie aussi d'ailleurs. Elle et moi allons un peu derrière. Mélie est encore plus jolie qu'hier avec son corsage blanc sous une veste tricotée, bleue. Une jupe plissée danse autour de ses jambes. Elle a caché les coquilles de ses cheveux sous un fichu clair. Mais les sabots, non… Je ne sais plus quoi penser !

Nous descendons, évitant soigneusement de passer devant la maison Charrat, en direction du ruisseau que nous franchissons sur une petite passerelle de bois juste assez large pour une personne. Un coup d'œil suffit pour me rendre compte qu'il y a là pas mal de trous où une truite peut se cacher, d'autant que les berges sont bordées de touffes de saules sous lesquelles le ruisseau a dû creuser des *gours*. Je suis sûr que Marcel a dû remarquer ça, lui aussi.

Justement, le voilà qui descend le chemin que nous nous apprêtions à monter. Aucune parole n'est échangée mais un curieux manège a lieu. Maïu, qui est en sabots, lui aussi, sort d'une musette une paire de souliers noirs, les tend à

Emma qui les fourre dans son grand sac. Je n'ai presque pas pu échanger un mot avec Marcel, qui rit sous cape, que nous sommes déjà repartis.

La montée est courte mais raide, jusqu'à un hameau de quatre ou cinq maisons : c'est le Vollest. Puis, le chemin se transforme en une route empierrée qui passe à côté d'une énorme ferme. Mélie me laisse pantois quand elle m'explique, d'un ton admiratif, « qu'ils » ont deux valets et deux domestiques : des riches, quoi… les domestiques occupant la couche supérieure aux valets qu'ils commandent !

Emma, elle, n'a même pas tourné la tête. Elle marche d'un pas régulier et rapide, et me distance si je muse pendant quelques secondes.

Nous cheminons maintenant dans un bois où croissent fayards et épicéas : il coiffe le sommet d'une croupe importante qu'il faut traverser avant de redescendre sur Saint-Genest. La route est bordée de fougères et de ronces avec, de temps à autre, un tas de *buttes*[1] qui sèchent en attendant qu'on vienne les chercher. Il fait encore frais, les fougères et l'herbe rase sont perlées de rosée et le soleil jette des traits rapides entre les

1. Sapin ou épicéa que le bûcheron a coupé et dont il a enlevé l'écorce et les branches.

branches. J'irais volontiers rôder un peu dans le sous-bois mais l'avance d'Emma est inexorable.

Sans qu'on s'y attende, la route sort tout à coup du bois. Entre la lisière et le village qu'on aperçoit maintenant, prés et champs sont dispersés çà et là, en plein soleil. Le clocher de l'église, carré et massif, se dégage à peine d'une profusion de toits rouges.

Emma s'est arrêtée. Elle sort de son sac les souliers que Maïu lui a donnés tout à l'heure. Elle m'ordonne d'enlever mes galoches et je dois enfiler les souliers. Ils n'ont pas de lacets, qui ont été remplacés par une espèce de sculpture moulée dans la matière tenant lieu de cuir. L'empeigne monte très haut sur le cou-de-pied. Ils sont un peu grands mais j'arrive à marcher sans trop de peine. Emma et Mélie ont, elles aussi, posé leurs sabots qui disparaissent, avec mes galoches, au fond du sac. Des souliers, noirs, brillent aux pieds des deux femmes. L'équipage, tout neuf, peut reprendre son train…

La route, qui s'est faufilée dans le village à travers un labyrinthe de petites maisons aux murs de pierre, débouche, tout soudain, sur la place, très large, fermée par la masse de l'église.

Nous n'avons pratiquement vu personne depuis le départ, mais là, c'est un changement complet.

Les trois côtés de la place qui font face à l'église sont occupés, de boutiques et de cafés surtout. Des bruits de discussions animées s'envolent des portes ouvertes. Des attelages de vaches et quelques carrioles attelées d'un cheval attendent leur propriétaire cependant que les bouses fraîches et le crottin bien formé attirent des mouches affairées.

Mais ceux qui retiennent surtout mon attention sont ces hommes, seuls ou en tout petits groupes. Tous sont en bleu de travail. Certains s'appuient sur une faux dont la lame, entourée de chiffons, est attachée le long de son manche. D'autres ont posé leur faux à terre à côté d'un petit balluchon. Ils n'ont, pour la plupart, pas l'air de paysans et leur visage est blanc sous la casquette. Beaucoup ont noué un mouchoir à carreaux autour de leur cou.

Ceux qui sont seuls semblent un peu perdus au milieu de l'agitation. Des paysans, souvent vêtus de noir, avec aux pieds de grosses chaussures cloutées, vont de l'un à l'autre ou discutent au milieu d'un groupe. Les chapeaux du dimanche se mêlent aux casquettes ouvrières et, de temps en temps, deux mains se topent et les deux protagonistes s'engouffrent dans un café.

Emma constate simplement :

« Tiens ! les “blancs” sont arrivés ! »

Elle parle manifestement des hommes à la faux et habillés de bleu. Mélie sourit de me voir écarquiller les yeux. C'est ainsi qu'on appelle ces ouvriers, qui montent « d'en bas » pour se louer pendant le temps des fauchaisons. Alors Emma, si avare de paroles pourtant, ajoute qu'il y en a de mauvais, beaucoup, et quelques bons. De toute façon, aucun ne vaut papa. C'est bien ce qu'elle a dit et je suis très fier d'entendre ça. Lui n'a pas besoin de venir sur la place, il est retenu à l'avance d'une année sur l'autre. Ça, c'est vrai, je me le rappelle maintenant. L'année dernière, il était chez Emma et Juste quand il a pris ses congés. Et, cette année encore, il sera à la ferme dans une huitaine de jours.

Nous nous dirigeons vers l'église à laquelle on accède par une large dalle surélevée, devant le portail. De petits groupes de femmes, en chapeaux ou fichus, discutent avec animation. Il y a très peu de jeunes filles mais les jeunes hommes, accoudés à la barrière qui entoure le monument aux morts, en face du portail de l'église, surveillent attentivement les arrivées. La personne de Mélie semble en intéresser plus d'un et Emma presse le pas en poussant sa fille devant elle pour pénétrer dans l'église.

Il y a déjà pas mal de monde, des femmes surtout. On m'envoie me placer, dans les premiers rangs, au milieu d'autres garçons de mon âge ou à peu près. De l'autre côté de l'allée centrale, les filles se poussent du coude. Il semble que les chaussures noires rencontrent un certain succès. Mes voisins m'inspectent des pieds à la tête et dans le bredouillis qui sourd des mains en coquille devant la bouche, je crois reconnaître le mot *gaga*[1] à plusieurs reprises.

De temps à autre, je tâte dans ma poche, pour m'assurer que je n'ai pas perdu ma pièce pour la quête. Quand nous avons quitté la ferme, Emma s'est contorsionnée pour sortir de sous ses vêtements un petit porte-monnaie en cuir. Elle en a extrait, soigneusement, une pièce de un sou, trouée au milieu, et me l'a tendue avec cérémonie :

« Tiens ! C'est pour la quête. Alors ne la perds pas surtout ! »

La pièce est toujours là, bien au chaud.

J'entends la demie de 9 heures qui sonne dans le clocher au-dessus. Monsieur le curé s'avance vers l'autel, précédé de deux enfants de chœur en surplis blanc et soutane rouge. C'est comme en bas finalement, sauf qu'ici, M. le curé est gros avec la figure violette. Par contre, M. le vicaire est

1. Sobriquet moqueur donné par les gens de la campagne aux habitants de Saint-Étienne.

tout fluet. Il n'arrête pas d'aller et venir devant les premiers rangs en jetant des « chut ! » sonores et des regards apeurés, derrière lui, sur M. le curé.

À peine celui-ci a-t-il commencé de dire l'office qu'un brouhaha se produit au fond de l'église. Toutes les têtes se retournent pour suivre le flot de ceux qui se bousculent pour entrer. De loin, on voit les mains se porter sur les têtes pour ôter les chapeaux noirs. Bientôt, une barrière infranchissable d'hommes debout derrière une marée de chaises vides, le crâne blanc, la moustache sur la bouche figée, la main retenant le chapeau sur le ventre, ferme le fond de l'église. Le brouhaha s'apaise et la messe peut reprendre.

J'ai réussi à repérer Emma et Mélie de l'autre côté de l'allée centrale, au milieu des femmes. Le fichu clair de Mélie pivote, de temps en temps, vers l'arrière. Emma la presse alors d'un petit coup de coude et lui montre le livre de messe qu'elle tient à la main. Mélie se reprend et regarde vers l'autel, la tête bien droite.

M. le curé quitte bientôt le chœur pour monter, péniblement, en chaire contre un énorme pilier, au milieu de l'église. Il s'arrête une fois au bas de l'escalier et une autre fois en haut, pour souffler un peu. Les têtes de mes voisins se baissent et j'entends des rires étouffés. Comme celui d'en bas, le prédicateur parle de choses que je ne comprends pas bien, de « sacrifices à faire en ces temps difficiles » et de « prières au Seigneur pour nos dirigeants et notre cher maréchal ». Lui, je sais qui c'est puisque à l'école on nous a appris une chanson qui parle de lui.

La messe se poursuit, sans surprise, jusqu'au moment de la quête : un vieux monsieur passe avec une grande assiette en cuivre dans laquelle un ou deux billets pliés sont perdus dans un flot de pièces comme la mienne. On ne voit pas toujours le quêteur car il est plutôt petit, mais on peut suivre sa progression dans les rangs : chaque fois que quelqu'un met son obole, on entend un ding ! sonore suivi d'un « msssi » que le vieux monsieur adresse au donneur.

La fin de l'office est proche. Je me demande comment je vais faire pour retrouver Emma et Mélie au milieu de ces gens que je ne connais pas. Tout à mon inquiétude, je me retourne et je constate, à la fois surpris et soulagé, que le fond de l'église est presque vide. Les hommes sont sortis silencieusement et ont dégagé le passage sans attendre l'*Ite missa* est !

Je me dépêche de rejoindre Emma et Mélie, et nous sortons ensemble. Dehors, des groupes se sont reformés et bavardent sitôt le portail franchi. Il faut presque jouer des coudes pour passer.

Emma ne s'arrête que peu pour saluer quelques connaissances. Il est facile de voir qu'elle ne quitte pas Mélie des yeux, laquelle, sitôt en plein air, a enlevé son fichu qu'elle tient maintenant à la main.

La place est éclaboussée de soleil et le clocher sonne la demie de 10 heures. Vite, Emma nous entraîne jusqu'à une boulangerie. Elle n'entre pas dans la boutique mais frappe à un carreau. Quelqu'un lui ouvre une porte dans laquelle elle s'engouffre sur un impératif :

« Attendez-moi là ! »

Deux minutes plus tard, elle ressort en s'adressant à quelqu'un que je ne vois pas :

« À charge de revanche ! »

Nous sommes repartis, mais Emma marche maintenant derrière nous. Comme Mélie, elle a enlevé sa veste qu'elle porte soigneusement pliée sur son bras gauche. C'est vrai que le soleil tape fort jusqu'à ce que nous atteignions la lisière du bois. Une opération que je prévoyais a lieu au cours de laquelle sabots et galoches sortent du grand sac noir et sont remplacés par les souliers. Il apparaît d'ailleurs qu'ensuite les visages sont plus détendus.

Dans le bois, l'ombre des arbres fait régner une fraîcheur qui rend bien moins long le chemin du retour. Nous rattrapons presque un groupe de femmes, devant nous, accompagnées de deux petites filles qui semblent avoir mon âge. Il paraît qu'elles vont à l'école des Lagiers. Ça me fera au moins deux *payses*, d'après Mélie qui sourit jusque dans ses yeux noirs. Je ne saurai pas, pour aujourd'hui, à quoi ressemblent mes payses qui sont entrées dans une des fermes du Vollest avant que nous ne les rejoignions.

Le chemin dégringole jusqu'au ruisseau et nous attaquons la petite montée qui nous conduit jusqu'à la ferme, en évitant surtout de passer devant *Chez Charrat* !

Sitôt rentrées, Emma et Mélie ont remis leurs vêtements de tous les jours et les chaussures noires dorment, à nouveau, au fond de l'armoire. Maïu s'inquiète en plaisantant. Il veut savoir si les souliers de sa première communion ne m'ont pas fait plus mal aux pieds qu'à Marcel ! Il en a, bien sûr, une nouvelle paire du même modèle, mais de plus grande taille, qui fait le gros du voyage dans sa musette !

Aujourd'hui c'est dimanche. Nous avons donc droit à une omelette baveuse avant d'attaquer les cochonnailles suivies d'une poêlée de pommes de terre. Suprême raffinement, il y a même un dessert. Emma fourrage un instant dans le fond du placard à vaisselle. Elle revient avec trois noix pour chacun qu'elle pose solennellement dans les assiettes, après le fromage. Puis elle ouvre son grand sac d'où ont disparu les chaussures noires, mais au fond duquel gît un paquet enveloppé de papier. Le paquet, ouvert, révèle six tranches de pain blanc, frais, à la croûte dorée comme un soleil, et qui s'accorde très bien avec les noix.

On peut, dit sérieusement Emma, manger sans crainte, il n'y a pas de sucre dans ce dessert ; or, tout le monde sait bien que le sucre, comme le rire, c'est péché !

Pendant le repas, Marcel, curieux comme une pie, est allé jusqu'à poser deux questions à Juste. J'ai bien vu qu'Emma et les autres paraissaient très surpris de cette atteinte aux habitudes. Mais le fait est que Juste, après un regard dubitatif en direction d'Emma, a répondu que non, il n'allait jamais à la messe sauf pour faire ses Pâques, ou pour accompagner ses connaissances au cimetière. Et il a même ajouté que le bon Dieu « ne lui faisait pas question », mais qu'il ne pouvait pas en dire autant des curés et des gendarmes !

Pendant cette tirade, Emma répétait sans cesse, à voix basse et en patois : « *Teza te, gran bedien !* », sa main gauche gentiment posée sur le bras de Juste. À la deuxième question, sur le pourquoi des mesures d'hier soir, il a plissé les yeux, ce qui a fait ressortir les rides qui rayonnent vers ses tempes, et répondu de façon énigmatique que celui qui ne sait pas tenir sa langue ferait bien de préparer ses pieds. Maïu s'est caché la figure derrière ses mains, Mélie a regardé son père avec un sourire complice. Même Emma a dit sobrement :

« Bien répondu ! »

Marcel, rouge comme une crête de coq, s'est tourné vers moi, mais je ne lui ai été d'aucun secours. Il avait posé des questions qui me brûlaient les lèvres et je n'avais pas, moi, osé le faire. Quant aux réponses, nous n'étions guère plus avancés. Notre malaise n'avait pas duré bien longtemps grâce à l'arrivée des noix et du pain blanc.

Et maintenant, comme hier, comme chaque jour sans doute, Juste, après avoir savouré sa pipe, donne le signal en fermant son Opinel qu'il met dans sa poche. Mais Maïu et lui ne semblent pas vouloir se mettre au travail. Il nous regarde, Marcel et moi et dit calmement et gentiment qu'il est temps de passer aux affaires sérieuses. Si nous sommes d'accord bien sûr, on pourrait compléter notre transformation en vrais paysans : valet et berger. Pour ça, le mieux est de le suivre jusque sous le hangar. Ni Marcel ni moi ne nous faisons répéter l'offre et nous traversons la cour à toutes jambes. Il fait si chaud que même les poules ont déserté l'endroit.

À un bout du hangar, Juste a aménagé un petit coin avec quelques étagères sommaires contre le mur. Elles sont partiellement occupées de boîtes métalliques et d'outils divers. Sur la plus haute trône un bidon zébré de taches noirâtres et terminé par un col étroit. Il est fermé par un bouchon de liège. Une étiquette à moitié arrachée continue de se décoller, mais on arrive à lire la fin d'un mot écrit en gros : « … chine ». Contre le mur sont appuyés deux mancherons qui semblent destinés à une brouette. Sous les étagères, un établi enfonce ses pieds dans une marée de copeaux.

Marcel et moi découvrons, en même temps, deux paires de sabots, de taille presque identique, posés fièrement sur l'établi. On voit qu'ils ne sont pas terminés mais suffisamment avancés tout de même pour que Juste nous invite, chacun à notre tour, à « essayer la longueur ». Lorsque je mets les pieds dedans, ça gratte un peu et mes gros orteils touchent au bout. Marcel dit, lui, que son pied gauche est un peu serré mais que pour le reste, ça va.

Juste nous a écoutés très sérieusement et annonce que, parole, ce soir, les sabots seront prêts. Non, ils n'auront pas de brides en cuir, comme ceux d'Emma et Mélie. Les hommes portent des sabots d'hommes, qui montent plus haut sur le cou-de-pied avec une bosse bien ronde. Puis, sans attendre, il commence à fourrager dans une caisse pour en sortir des outils qu'il nous montre en les nommant : gouge, ciseau, rabot… Je le regarde travailler un moment : il se sert de la gouge surtout, qui s'enfonce dans la profondeur du sabot. On entend un bruit creux de lame qui force le bois, doucement. De temps à autre, Juste entre la main et, comme une caresse, il ramène de petits escargots de bois, brillants et cassants.

Marcel, comme moi d'ailleurs, n'a pas la patience de rester là, longtemps, à ne rien faire. Maïu se dirige vers la grange : voilà un endroit que je ne connais pas encore ; il s'agit de mettre un peu d'ordre avant que n'arrive bientôt le foin de la nouvelle récolte.

Nous passons le portail dont les deux vantaux sont ouverts, Maïu devant et nous à sa suite. Je trouve que c'est un curieux garçon, Maïu. Il a dix-sept ans, il est râblé comme son père, avec les cheveux noirs. Mais il a les yeux gris bleu d'Emma, sans aucune trace de dureté. Une ébauche de sourire sur le visage, il sifflote souvent entre ses dents. Son incisive droite du haut est ébréchée, ce qui donne un sifflotis tout à fait particulier à *La Madelon* qui est son air préféré. Il travaille comme un vrai domestique, avec une étonnante dextérité dans tout ce qui touche aux animaux, et manie comme pas un la seille ou la fourche. Pour moi, c'est un grand, mais en quelques secondes, il est capable de jouer avec Marcel et moi comme s'il avait notre âge. Marcel, fasciné, le suit partout. Ça me frappe tout à coup. Depuis hier matin, nous ne nous sommes pratiquement pas querellés et je n'ai reçu aucune bourrade.

La grange, explique Maïu, est divisée en deux. À droite en entrant, on met la paille après la batteuse. Le mur contigu à la chambre est ainsi protégé du froid en hiver. À gauche, au-dessus des vaches, on met le foin mais on laisse un espace entre le mur du fond, en face du portail, et les *sommérées*[1]. Maïu s'engage dans cet espace un peu sombre en nous recommandant de bien regarder où nous mettons les pieds. Je compte ainsi quinze trappes dont neuf ne sont pas recouvertes d'un couvercle en tôle solide. Elles permettent de faire descendre directement le foin dans le râtelier des vaches, juste en dessous. Je me penche pour vérifier et j'entrevois la tête de Lorraine qui rumine au bout de sa chaîne. Tiens ! la trappe à côté est plus grande que les autres !

À vrai dire, la grange est presque vide. Il reste encore une cinquantaine de bottes de paille et une demie-*sommérée* de foin, juste de quoi tenir

1. Volume de paille ou de foin que l'on peut entasser entre deux entraits de la charpente.

jusqu'aux moissons pour la litière et du foin d'avance, si par hasard on ne pouvait sortir les vaches à cause du mauvais temps.

Tout au bout de la grange, à gauche, sous le toit ou presque, une ouverture ronde, dans le mur, fait comme une lune dans la pénombre. C'est la porte du *ratapenat* qui habite dans la grange, dit Maïu. En dessous, au sol, un escalier de bois que je n'avais pas vu descend le long du mur, permettant de rejoindre l'étable à côté de la Noire. C'est ce que nous faisons à la suite de Maïu. Une autre chose m'intrigue. Je peux poser la question à Maïu, lui ne me traitera pas de curieux. Comment fait la paille pour descendre jusqu'à l'étable ? Il m'emmène alors à côté de Lorraine. La trappe au-dessus de la stalle vide est la plus grande et il manque trois barreaux au râtelier. Tout est prévu !

Pendant qu'on en est aux questions, je me hasarde à lui demander aussi qui peut faire « ooooaaaah ! » au-dessus du barrage. Marcel, vexé, dit qu'il sait très bien que ce sont les noyés. Maïu, qui a l'air de s'amuser beaucoup, approuve Marcel en ajoutant que, probablement, il s'agit de jeunes filles plutôt, et que Campette n'est peut-être pas étranger à l'affaire. Cette explication me paraît possible mais ne correspond plus tout à fait au portrait que je me suis fait de Campette. Il faudra que je pose la question à Mélie. J'aurai plus de confiance dans ses réponses. Bientôt, elle arrive et les vaches sont détachées pour aller en champ. Ça, j'arrive à le faire tout seul, il suffit de défaire la boucle et la chaîne tombe, entraînée par son poids.

VIII

Quand la Rouge fait des siennes

Il y a maintenant une semaine que nous sommes arrivés à la ferme. La montée au barrage me semble à la fois très lointaine et si proche pourtant puisqu'il ne se passe pas un jour sans que j'aperçoive, en bas, le mur et la maison de Campette qui le surveille.

Marcel et moi nous sommes fondus dans le rythme lent et un peu silencieux de notre nouvelle famille. Emma, omniprésente et bougonne, debout la première, dernière couchée, ne m'inspire plus de peur mais une crainte respectueuse. Elle ne nous embrasse jamais et, cependant, on se sent entourés d'une affection bourrue et attentive. Son regard m'intrigue. Les yeux sont bleus, certains jours, ou alors plutôt gris. J'ai cherché à quoi ils me faisaient penser et je crois que c'est à la couleur de l'eau, sous la Pierre au mercier. Mais il y a chez Emma un mystère qui, pour moi, reste incompréhensible.

Jamais encore je ne l'ai entendue élever la voix et pourtant, elle surveille Mélie comme si celle-ci était ou allait être en faute.

Chez Emma, la gourmandise, le rire, la paresse fournissent la trame de citations et autres sentences dont elle nous abreuve, sous l'œil parfois un peu goguenard de Juste. Mais, jamais il ne se permet de la contredire.

Pour moi, Juste est le poids qui équilibre tout dans la maison. Je le trouve inimitable alors même que j'essaie de le copier assez souvent. D'abord, il sait faire les sabots comme personne : Marcel et moi les portons du matin au soir, avec un peu de foin au fond, comme Juste, bien qu'au début ça nous ait un peu meurtri la plante des pieds.

Juste parle encore moins que les trois autres, mais de temps en temps, une saillie relève toutes les têtes penchées au-dessus des assiettes. C'est alors qu'Emma lui met la main sur le bras en répétant la même phrase en patois, gentiment :

« Teza te, gran bedien ! »

Pourtant, il y a une souffrance cachée dans les yeux noirs de Juste. Et, comme pour Emma, on a envie de lui poser des questions, mais envie seulement…

Maïu, c'est l'eau du bachat, fraîche et transparente. Sait-il seulement que le malheur existe ? Il est content de tout : de son père, de sa mère, de sa sœur, des deux gamins avec lesquels il joue. Il est heureux avec les vaches, avec Mirette. Planté au milieu de l'étable ou attendant la soupe du soir, il sifflote entre ses dents, un sourire flottant sur sa figure. Il a adopté Marcel. Il est devenu son grand frère pour en faire un valet, et son petit frère pour s'amuser quand le travail lui laisse un peu de temps, ou le soir, quand le ratapenat sort de la grange. Je vois bien qu'il m'aime aussi, mais pas de la même façon et je lui en veux de me traiter, parfois, comme un bébé, ce qui réjouit Marcel.

Moi, celle que je préfère, c'est Mélie. Maman, qui sait tout, m'avait bien dit qu'elle serait sa remplaçante. Je passe avec elle une grande partie de mes journées. Elle m'appelle « son petitou » et je ne suis jamais fâché, même si je trouve qu'elle passe du calme à l'orage assez rapidement. Je n'oserais jamais lui dire ça : je la compare un peu à la Rouge. Mais j'ai de la peine quand je vois qu'entre Emma et elle, ça ne va pas très fort. Alors là, le menton de Mélie, sous les lèvres serrées, se bosselle un peu. On dirait qu'il devient dur comme les pierres taillées que j'ai vues et qui formaient le mur du barrage.

En tant que berger, j'ai fait des progrès rapides. Déjà, Mirette et moi faisons une sacrée paire. C'est ce qu'avait prédit Mélie sur laquelle j'ai un gros avantage, en tout cas pour la chienne. Entre deux remises en ordre du troupeau, suite à des tentatives de dissipation, de la Rouge le plus souvent, nous pouvons jouer tout notre saoul sans être arrêtés par des ravaudages et autres tâches contraignantes. Depuis deux jours, je vais même en champ, tout seul, le matin.

Une tactique a été arrêtée, qui me permet de savoir quand il est l'heure de rentrer. Je dois surveiller la course du soleil ; quand il pousse l'ombre du frêne, sous lequel nous étions assis le premier jour, jusqu'à un petit tas de cailloux que nous avons fait dans l'herbe, il est à peu près midi. Je peux m'en assurer en montant sur l'épaulement de terrain qu'il faut passer pour descendre à la ferme. Emma ou Mélie pendent un grand chiffon blanc aux branches basses du cerisier et qu'on voit très bien à deux ou trois cents mètres de là. C'est le signal. Je peux commencer à chanter : « À l'eau ! À l'eau ! » pour ramener tout le monde.

Justement, le signal blanc est affiché. Il fait chaud aujourd'hui, un peu lourd même. Le ciel est très bleu, plus que d'habitude, mais d'énormes nuages ont occupé toute mon attention depuis une bonne heure que je les surveille, allongé dans l'herbe. Ils ont le dos tout blanc, brillant, comme je m'imagine que doivent être les montagnes sous la neige. Leur ventre a le gris des truites que Marcel attrape quelquefois dans le ruisseau, vers la maison. Certains sont seuls au milieu d'un grand pré de ciel, d'autres se chevauchent, se malaxent, dans un grand combat silencieux.

Je commence à appeler les vaches :

« À l'eau ! À l'eau ! »

Disciplinée, Lorraine, la première, arrête de brouter, mais rien ne se passe comme d'habitude. La Rouge, évidemment, lève aussi la tête, puis commence à encenser ; sa queue se met à battre frénétiquement ses flancs et elle pousse de petits meuglements irrités puis exécute plusieurs ruades avant de dresser la queue tout droit dans le ciel. J'ai envoyé Mirette, mais celle-ci s'est arrêtée craintivement presque aussitôt.

Les autres vaches imitent peu à peu la Rouge et, j'ai beau m'égosiller, on dirait qu'elles sont devenues folles. J'ai même peur maintenant : je me suis précipité vers elles. Mais la Rouge me jette un méchant regard avant de commencer à courir dans tous les sens, tout le troupeau cavalcadant derrière elle. Je cours aussi vite que je peux ; cependant, ni mes cris, ni les aboiements de Mirette ne ramènent le calme, bien au contraire.

Et voilà la Rouge qui fonce vers le bas du pré, s'engage dans le bois de fayards, et disparaît, suivie de la bande en furie.

Je reste pétrifié, puis la folie me gagne à mon tour et tout tremblant, je me précipite à toutes jambes là où j'ai vu disparaître les vaches. J'entends, plus bas, des meuglements et des bruits de feuilles sèches écrasées ; je cours, je trébuche, je me relève. Oh ! là, là ! Comment cela va-t-il finir ? Des idées de vaches perdues, de pattes cassées, de Juste et Emma scandalisés me passent par la tête pendant que des buissons et des branches basses m'égratignent et me fouettent le visage.

Le bois de fayards est bientôt traversé et je dévale maintenant une lande, en pente, composée de fougères et de genêts à balai bien plus grands que moi. Je n'entends plus rien, tout à coup, perdu au milieu de cette forêt vierge, les pieds dans la rigole que j'ai suivie, sans m'en rendre compte, depuis le bas du pré. Alors je réalise que cette rigole aboutit forcément dans le barrage. Mon Dieu ! Les vaches ont dû tomber à l'eau et on ne les retrouvera jamais. C'est plus que sûr, il n'y a plus aucun bruit…

Je sors, sans transition, des genêts et me retrouve sur le chemin de ronde qui fait le tour du barrage. Je reste interloqué pendant plusieurs secondes. Je suis au bout du bras du barrage que je supposais être là et que je ne connaissais pas. Les vaches sont devant moi, enfoncées jusqu'au ventre dans l'eau que leur plongée subite a rendu fangeuse. Elles boivent tranquillement et ne semblent plus se souvenir de ce qui se passait il y a moins de deux minutes.

Pendant que je reprends mon souffle, en évaluant les dégâts sur mes jambes et mes bras quelque peu zébrés de rouge, un « ooooaaaah ! » jaillit, un peu plus loin, de la rive opposée. Mais, surtout, j'entends à quelques mètres de là un rire qui enfle… qui enfle… Je me retourne, pour reconnaître Campette, appuyé sur sa canne de la main gauche et qui se tape sur la cuisse de la main droite. Sa jambe folle tressaute sous les coups pendant qu'il répète, entre deux crises d'hilarité :

« La grenouille et le bœuf, oh ! nom de D… ! »

Ouf ! Il s'est arrêté de rire et vraiment je ne vois pas ce qu'il peut trouver de si drôle à ma situation. Il s'approche et m'assure qu'il va me donner un coup de main pour faire sortir les vaches de là, bien que j'aie quelque peu sali l'eau de son barrage. En effet, on voit bien, maintenant, que quelques-unes de ces folles ont laissé des traces de leur passage qui flottent, vertes, à la surface.

Voilà, toutes les bêtes, très calmes, sont regroupées sur le chemin et acceptent, sans rechigner, de remonter le long de la rigole, par l'itinéraire qu'elles ont dévalé tout à l'heure. Je suis tellement en transe que je n'ai même pas pensé à remercier Campette. Je me sens, maintenant, dans une colère folle et j'ai oublié ce que maman m'a appris sur les gros mots qu'il ne faut pas prononcer. « Salope ! », un bon coup de bâton sur la Noire ; « Garce ! », un coup de bâton sur Lionne ; « Merde,

merde, merde ! » trois coups de bâton sur la Rouge... La remontée est presque aussi rapide que la descente et les vaches ont l'air de comprendre les raisons de ma colère : pas une seule ne se rebelle contre le petit bonhomme qui les insulte.

Nous débouchons dans le bas du pré. Et là, je vois Lorraine qui broute tranquillement et ne nous jette même pas un coup d'œil. Tout en haut, sur l'épaulement, la silhouette de Mélie apparaît. Elle court vers moi pendant que je cours vers elle. Je pleure, je ris, je tremble comme une feuille...

Elle me serre contre elle :

« Mon petitou, mon petitou... Mais tu as les mains gelées ! »

Je ne m'en suis même pas rendu compte. Alors, d'un mouvement naturel, elle ouvre son tablier et met mes deux mains sur sa poitrine, contre sa camisole. C'est doux, c'est chaud. Je sens des chairs rondes et fermes à travers le tissu. Ça me fait tout drôle, alors, je retire mes mains et je dis qu'on peut y aller :

« À l'eau ! À l'eau ! »

Emma est au portail, Juste monte le chemin et Maïu et Marcel sont déjà à l'épaulement. Pendant que les vaches boivent, très peu, tout le monde parle à la fois et il m'est difficile de répondre. Vite, on attache le troupeau, et on entre dans la salle alors que la pendule marque la demie de midi, mais personne ne s'en soucie.

Emma a failli oublier le *benedicite* et le ragoût a quelque peu attaché au fond du faitout. Insensiblement, le repas a repris son cours normal après que Juste ait reconnu « qu'on » aurait quand même dû dire au gamin que, parfois, quand il fait chaud, les vaches prennent la mouche et vont se rafraîchir dans le barrage. Baste ! C'est, en tout cas, un sacré bon berger et il s'en est très bien sorti tout seul.

Pendant que Juste fume sa pipe, avec un peu moins d'application gourmande que d'habitude, je reprends, pour Marcel, quelques péripéties du matin et en particulier l'apparition et l'intervention de Campette. Emma a dressé l'oreille, puis elle ajoute un petit commentaire personnel sur le mécréant qui vit comme un ours, là-bas dans cette maison où personne d'autre que lui ne met jamais les pieds.

Alors, Juste le taciturne, qui n'émet pas la moindre objection quand Emma a parlé, ôte la pipe de sa bouche et commence, d'une voix sourde, un monologue qui s'adresse à moi ; mais on sent bien qu'il est destiné à tous autour de la table, et même à d'autres qui ne sont pas là, peut-être ceux qu'on devine derrière les yeux noirs de Juste et que lui seul connaît :

« Tu sais, mon valetou, Campette comme tu dis, y s'appelle Feutrier en réalité. Ben oui, moi aussi je l'appelle Campette, rapport à sa jambe, bien sûr. »

Je me fais tout petit, sur mon banc, en face de Juste qui me parle si gentiment, mais avec un regard que je ne lui connais pas. Je crois que la pipe s'est éteinte, et que ça a l'air d'être le dernier de ses soucis. Il continue, lentement, en cherchant ses mots :

« Sa jambe, il aimerait bien l'avoir entière, comme toi, comme moi. Le morceau qui manque doit traîner par là-haut, du côté du Nord, dans une terre, ou un bois comme celui du barrage… Ceux qui l'ont ramassé, le pauvre, y z'avaient autre chose à faire qu'à chercher ce qui manquait. Je sais comment que ça fait parce que, moi aussi, j'en ai trimballé, sur mon brancard, des comme lui… et des bien pires… qui avaient plus qu'un bras ou une jambe… ou plus du tout… »

Juste s'arrête un instant, et semble se rendre compte que je suis en face de lui. Il poursuit un ton plus haut :

« Et tout ce qu'y z'ont trouvé pour Campette ou pour d'autres, c'est de l'envoyer au barrage… Là, y gêne pas trop et on le voit guère, pas vrai ? »

Il s'arrête encore…

« Et puis, des femmes, qui c'est qu'en connaît une qui voudrait aller avec Campette, hein ? Qui ?

Alors, mon valetou, moi je crois quand même qu'il est brave, Campette ! »

Juste s'arrête comme s'il se rendait compte soudain qu'il a peut-être plus parlé en deux minutes qu'en une semaine, et pour dire des choses qu'il n'avait jamais dites. Tout à trac, il fourre sa pipe dans sa poche, ferme son Opinel et sort de la salle comme surpris de sa propre audace.

Pendant tout ce temps, ni Maïu, ni Mélie, ni Marcel n'ont pipé mot. Emma est restée interdite, comme si elle ne reconnaissait pas son Juste, et je crois bien lui avoir vu baisser la tête quand il est sorti, sans colère. Quant à moi, je n'aurais jamais osé interrompre Juste parce qu'il disait, je l'ai senti, des choses importantes, même si je ne les ai pas toutes comprises. Mais il me semble qu'aujourd'hui je peux me permettre de poser au moins une question à Emma concernant ce que Juste a voulu dire quand il a parlé du Nord et de son brancard.

Sans le vouloir, certainement, mais le fait est là, voilà maintenant Emma qui se met à parler lentement, presque sur le même ton que Juste il y a quelques instants. Elle aussi m'appelle son « valetou », et je ressens toute la tendresse qu'il y a dans ce mot gentil :

« T'es trop petit pour l'avoir vue, mais tu sais, mon valetou, la guerre, on a déjà connu ça, y a pas si longtemps. Ton père était grand comme toi et Juste avait dans les vingt-cinq ans et Campette aussi, sans doute… Juste était brancardier. C'est lui, avec d'autres bien sûr, qui ramassait les pauvres gars blessés… Et Dieu sait qu'y en avait, et des pas beaux à voir ! »

Voilà qu'Emma s'est remise à son travail, et Mélie aussi. Je reste un moment encore sur le banc. J'ai des idées qui trottent dans ma tête. Par exemple, pour un peu, Juste aurait pu ramasser Campette, mais Emma a dit qu'il y en avait beaucoup, alors, quand même, il y a peu de chances. Je pense aussi à papa qui avait mon âge, quand il y avait l'autre guerre. Je n'arrive pas à imaginer papa avec mon âge. Lui aussi, je sais qu'il est allé à la guerre, mais pas beaucoup, quand j'étais petit. Il n'en parle jamais, même si lui n'a pas mis des blessés sur un brancard. Je me dis que ça peut m'arriver, à moi aussi, quand j'aurai vingt ans, dans longtemps. Et avec la peur que j'ai des bombes et des avions boches, je me demande comment je vais m'en sortir.

IX

« Papa-cadeau »

PAPA EST ARRIVÉ quand on est revenus de la messe, Emma, Mélie et moi. Ce matin, à Saint-Genest, il y avait encore plus de blancs que dimanche dernier. Je me suis fait un copain pendant la messe. Il s'appelle Claude et il garde, lui aussi, les vaches pas loin du pré du barrage. Il m'a dit qu'il me reconnaissait pour m'avoir vu, par là. Je suis content parce qu'il va m'apprendre à s'appeler, d'un pré à l'autre, pour « se distraire, des fois quand on s'ennuie ». La conversation a été forcément assez longue, parce qu'on était obligés de surveiller M. le vicaire qui nous avait vus avec la main devant la bouche.

Papa a d'abord donné des nouvelles de la maison. Marcel et moi n'avons toujours pas de petit frère ou de petite sœur. Maman va bien et demande qu'on reste toujours sages avec Emma et Juste. Marie continue de « percer des dents », ce qui la rend un peu pénible mais pas trop.

Tiens ! ça me fait penser que, justement, j'en ai une de dent du bas qui commence à bouger. Je n'arrête pas de la frôler, avec la langue. Ça me fait une toute petite douleur de rien du tout, mais je m'arrête vite. J'ai essayé de la faire bouger avec le doigt, mais là, j'ai eu la sensation très désagréable qu'elle grattait quelque chose, dessous, dans la gencive.

Papa pose sur la table une des deux grosses musettes qu'il a apportées. Il y a des vêtements de rechange pour Marcel et moi, que papa sort, un par un, en indiquant le destinataire. Emma surveille l'opération tout en remuant, dans la poêle, la fricassée de pommes de terre du dimanche. Dans un bol, elle a déjà cassé les œufs qui vont servir pour l'omelette.

Ensuite papa plonge la main au fond de la musette qui a perdu son gros ventre. Il tient délicatement un paquet plié dans du papier journal ; c'est pour Emma qui dit :

« Fallait pas, Jean… »

Mais elle se dépêche un peu pour ouvrir le paquet : un peigne en écaille pour le chignon et deux bougies neuves, bien blanches, pour les soirs, assez fréquents, où il y a des coupures de courant. Il y a un autre paquet encore, pour Mélie cette fois :

« Alice ne le met plus ; alors, elle a pensé qu'il pourrait te plaire ! »

Mélie regarde le fichu clair de maman, avec des fleurs ; elle rosit encore plus que d'habitude ; elle se retourne vers Emma qui ne bronche pas. Mélie bredouille mais on est déjà passé à Maïu. Lui ne rougit pas, ne bredouille pas ; il pose fièrement sur sa tête un béret tout neuf, le penche un peu sur l'oreille gauche et se met à siffloter *La Madelon* avec un sourire *berchu*[1] de contentement.

Je me dis : « Et Juste, il n'a pas pu oublier Juste ? »

Et pourtant, il n'y a plus rien dans la musette que papa a retournée sur la table. Il s'interroge :

« Mais qu'est-ce que j'ai bien pu en faire ? »

Et tout le monde a bien compris, au ton employé, que c'était une plaisanterie.

« Oh ! que je suis bête ! »

Alors, il va fouiller dans les poches de son veston qu'il a accroché à une poignée de porte et il en sort deux paquets de tabac gris qu'il tend à Juste avec un sourire complice. Comme Emma, mais plusieurs fois, Juste ne peut que répéter :

« Fallait pas, Jean… fallait pas… »

Il a pris précautionneusement un des paquets qu'il met dans la boîte en fer. Ces derniers jours, j'avais remarqué que les pincées pour la pipe étaient de plus en plus minces. Il prend l'autre

1. *Qui a un espace vide entre deux dents.*

paquet et, de façon incompréhensible, va jusqu'au placard à vaisselle dans lequel seules Emma et Mélie osent mettre la main. Il bouscule un peu ce qui se trouve sur le dernier rayon, tout en haut, et il met, bien à l'abri, le deuxième paquet de tabac. Puis il revient s'asseoir :

« On sait pas, hein Jean ! des fois qu'Emma se mettrait à fumer ! »

Juste et papa se sont mis à discuter, tirant des plans pour la semaine qui vient : par quel pré commencer, les faux à *enchapeler*[1], graisser les chars… et Maïu est appelé à mettre son grain de sel. Emma et Mélie s'affairent parce qu'on est en retard…

Il est midi passé et le repas n'est pas prêt ! Il me semble qu'aujourd'hui la salle est plus claire que d'habitude. Une grosse flaque de soleil tombe sur l'appui de la fenêtre et déborde sur le plancher gris et sur le bout de la table. Même les mouches, qui se sont prises dans les tire-bouchons qui descendent du plafond, *bombinent* plus gaiement qu'à l'ordinaire.

Je regarde papa et je le trouve changé : il a le regard plus brillant qu'en bas, il discute avec Juste comme s'il s'agissait de sa ferme et Juste ne s'en

1. *Affiner le fil d'une faux avec un marteau et une enclume spéciale.*

formalise pas, bien au contraire. Maman nous a déjà dit, à Marcel et moi, qu'il regrettait sa vie de paysan, avant la guerre. Je ne me rappelle de rien, j'étais trop petit. Maman ne regrette pas : c'était trop dur ! Mais elle ne le dit jamais à papa.

En tout cas, je trouve qu'aujourd'hui Juste et lui se ressemblent, tous les deux, là, de chaque côté de la table, les coudes bien appuyés, les grosses mains l'une dans l'autre.

Allons, bon ! On entend Mirette qui aboie dans la cour. Une silhouette passe dans le soleil, devant la fenêtre. Ah ! c'est vrai, on attend Joseph, le fils aîné d'Emma et Juste. Il travaille dans une scierie, du côté du col, là-haut dans les forêts qui couronnent les derniers monts avant la plongée sur la vallée du Rhône.

« Tiens, v'là Bordau ! » glousse Maïu en riant sous cape. Emma le regarde sévèrement et fait seulement :

« Tssst ! tssst ! »

On entend un raclement de semelles sur le paillasson métallique, puis un bruit de pas dans le corridor et la porte s'ouvre, fermement poussée par une main énergique.

« Salut tous ! Oh, Bordau ! C'qui fait chaud ! »

Je regarde Joseph : il est un peu plus grand que Juste, plus mince mais avec les mêmes cheveux noirs. Je me dis qu'il doit avoir presque l'âge de papa. Il a les joues rondes, comme Mélie, mais pas roses ; chez lui, on voit de tout petits vaisseaux sur les pommettes, et sur le nez aussi. Je ne comprends pas pourquoi il truffe ses phrases du nom d'une ville que j'ai vu sur la carte de France, dans la salle de classe de l'école. Ça a l'air d'amuser énormément Maïu alors qu'Emma pince les lèvres en détournant la tête…

Joseph Bordau a embrassé sa mère, sa sœur, et serré la main des hommes, en parlant fort avec des phrases entremêlées de rires courts et métalliques. Puis, après nous avoir regardés Marcel et moi, et lancé un sonore : « Ah ! ben, en voilà du renfort cette année ! », il s'est mêlé à la conversation qui a repris au sujet de la dure semaine de fauchaison qui s'annonce. La tache de soleil est plus crue maintenant et les mouches nous vrillent les tympans pendant que Mélie dispose les assiettes sur la table.

Alors, papa aura sa place entre Marcel et moi, Bordau s'assiéra entre Juste et Mélie. Quant à Emma, qui mange debout de toute façon, elle mettra son assiette en bout de table, en face de Maïu. Ça y est, par la faute de ce dernier, je ne peux plus que penser Bordau quand je regarde Joseph ! C'est plus fort que moi. Il en est à son deuxième « canon » et chaque fois qu'il porte son verre à la bouche, il s'essuie avec le dessus du poignet gauche. Ça laisse des traces un peu violettes pendant qu'il repose bruyamment le verre avec la main droite :

« Bordau ! c'que j'avais soif ! »

Il fait autant de bruit que tous les autres réunis dans cette salle où règne d'habitude une atmosphère feutrée. Même pendant le repas, il ne peut pas s'empêcher de parler, tout en engloutissant la nourriture à grand renfort de « canons », ce qui semble procurer des sueurs froides à Emma qui surveille la descente rapide du litre de vin posé sur la table. Il me fait un peu peur, mais il me fascine aussi. Reviennent dans sa bouche, sous des formes différentes, des histoires dont on ne parle jamais ici : il est question de Boches, de marché noir, de gendarmes – « Bordau ! Jean, méfie-toi de ceux d'en bas » –, de miliciens qui paraderaient jusqu'à Saint-Genest, de maquisards. Il me semble qu'au-delà de la ferme et des prés grouille tout un monde inquiétant et passionnant dont Bordau ne fait pas partie, mais qu'il connaît comme le fond de sa poche. Mais qu'est-ce que papa peut bien avoir à faire avec les gendarmes ?

La nouveauté et le bruit m'ont un peu engourdi. Le repas est fini. Je taquine, sans y penser, ma dent qui bouge, avec le bout de la langue :

« Bordau ! Mais elle va tomber ! »

Je sursaute et me rends compte que c'est à moi qu'il s'adresse :

« Fais voir ça ! »

Il s'est planté devant moi et approche son visage. Il sent un peu le vin et la cigarette qu'il a roulée tout à l'heure, avec le tabac de Juste :

« Ben valet, on va pouvoir t'enlever ça, et rapide encore ! »

Lui n'a pas dit : « mon valet » ou « mon valetou » et je sens bien la différence.

Pendant que Mélie lui coupe les trois mètres de fil noir qu'il a demandés, je regarde papa qui me sourit d'un air encourageant. Juste a dit tout bas :

« Couillon, va ! »

Emma renchérit en hochant la tête :

« Gran bedien ! »

Maïu et Marcel suivent avec attention les opérations. Je ne sais pas où Bordau veut en venir, mais je ne peux pas reculer, même si je me rends compte que ma culotte pourrait bien être mouillée dans pas longtemps.

« Ouvre la bouche, valet ! »

Je le sens qui passe le fil autour de ma dent. Ça fait à peine mal. Quand il a fini, le nœud me chatouille un peu la lèvre. Il prend l'autre bout du fil et l'attache au loquet de la porte. Instinctivement, j'ai replié la langue dans la bouche et quand

Bordau me demande « Alors valet, ça va ? », je réponds « Cha ba ! » en fermant les yeux. V'lan ! la porte s'est fermée d'un seul coup cependant qu'un petit choc s'est produit dans ma gencive :

« Ah ! Bordau ! Du premier coup ! »

J'avais presque envie de pleurer, mais c'est fini. Tout le monde, sauf Emma, rit autour de moi. Mélie m'embrasse :

« T'es grand, mon petitou ! »

Je tâte avec la langue et il n'y a plus rien, que du vide. Ça pique un peu avec un goût salé sur la langue. Je vais à la porte dénouer le fil noir et Marcel ramasse la dent en faisant la grimace : « Pouah ! » Il la met dans ma main : elle est toute petite avec des dentelures fines d'un côté et un petit creux de l'autre, dans lequel un mince filet de sang se mélange à la poussière du plancher. Elle me dégoûte un peu comme si elle n'était déjà plus à moi. Alors, je roule le fil entre les doigts, avec la dent : ça fait une petite boule sombre, avec des échappées de blanc, que je jette dans le fourneau. Je préfère le vide qui s'est fait entre les dents qui restent, avec un petit trou plein de mystère au fond. Marcel chantonne :

« Berchu, berchu ! »

Mais je m'en fiche, je sais que je ressemble un peu à Maïu.

Pendant que les conversations reprennent, je file à l'étable. Je peux enfin me soulager à mon aise sous l'œil tranquille de Lorraine. Puis j'éclate de rire. La Rouge, le dos arqué, gonfle le ventre et pisse aussi à grand bruit. Une cataracte jaillit sous sa queue un peu soulevée et va s'écraser loin derrière ses pattes écartées, en faisant un trou dans le lit de paille.

X

Les fauchaisons chez Juste

CE MATIN, j'ai du mal à rester surveiller les vaches. Mais, depuis le jour où elles ont pris la mouche, je sais que j'ai intérêt à suivre les choses de près. Pourtant, à portée de voix, derrière l'épaulement, les hommes sont en train de faucher. Je les ai vus en passant tout à l'heure. Ils sont là depuis ce matin très tôt, 6 heures peut-être. J'ai entendu des raclements de sabots et des discussions dans la salle alors qu'il faisait encore nuit. Je me suis retourné sur mon matelas de feuilles, et Marcel, lui, plus courageux, s'est levé ; Mélie, déjà, n'était plus là.

Quand je me suis réveillé et levé enfin, il n'y avait plus aucun bruit dans la ferme, comme si toute l'agitation d'hier s'en était allée au pré. J'ai avalé mon bol de lait et mes tartines à toute allure en repassant dans ma tête ce qui était arrivé hier, et ma langue cherchait encore la dent qui a fini sa vie dans le fourneau.

Après le repas, papa qui semblait peu intéressé par le tour que prenait la conversation autour de la table, s'est levé :

« Ma foi, je crois qu'une bonne *pranière*[1] me ferait du bien ! »

C'est vrai qu'il était monté d'en bas sous le soleil. Il est sorti tranquillement, s'est dirigé vers le hangar, à l'endroit exact où étaient entreposés des sacs de jute, vides. Il y en avait un gros tas posé sur un socle en planches. Je le suivais, et je n'en suis pas revenu de voir qu'il semblait tout connaître dans une ferme qui n'était pourtant pas la sienne.

Il a choisi un sac, grand, l'a secoué énergiquement, pour en chasser un nuage de terre un peu rosé, et s'est dirigé sous le cerisier, non sans m'avoir invité :

« Tu sais, si tu veux, tu peux en faire autant ! »

Quand papa donne un ordre, j'obéis, mais là, ce n'était pas un ordre, plutôt comme une espèce d'avance, entre hommes. Alors, j'ai pris un sac aussi, plus petit, et je l'ai secoué. J'aurais dû surveiller le courant d'air parce que la poussière m'est un peu entrée dans les yeux. Papa a ri :

« Tu sauras ça, maintenant, toujours regarder d'où vient le vent ! »

---

1. Petite sieste (peut-être faut-il y voir la racine « pra » qui signifie « pré »).

On est donc arrivés sous le cerisier, et j'ai tout fait comme papa : on a étendu le sac par terre en gommant bien tous les plis, on s'est couchés sur le dos, papa a tiré sa casquette sur les yeux et moi j'ai mis mon bras replié, et, trois minutes plus tard, papa a commencé à ronfler, mais pas très fort et moi j'ai joué à rouge, orange…

Au bout de cinq minutes, j'en ai eu assez. Je me suis éclipsé sans faire de bruit et je suis allé dans la cour. Juste, Maïu et Bordau en étaient à sortir de la grange un char que j'ai trouvé très grand. Tout, dans ce char, était peint en bleu, comme le ciel : depuis les gros rayons des roues jusqu'aux ridelles des côtés ou de l'avant ou de l'arrière, et pratiquement tout était en bois à part l'essieu et le bandage des deux roues, hautes comme un homme ou presque. Il n'était pas très large, mais très long, et les quatre ridelles qui laissaient des vides sur les côtés du char s'ouvraient vers le ciel comme des bras pour accueillir leur charge.

C'est Juste qui tenait le timon, Bordau et Maïu étaient chacun à une roue qu'ils faisaient tourner en poussant sur les rayons. Et ils ont réussi à le mettre là où Juste voulait. Ça c'était du travail !

Puis Maïu est allé sous le hangar avec Marcel. Ils ont fait quatre tas d'outils indispensables à chacun des faucheurs : une faux bien sûr, un *gouvet*[1], une pierre à aiguiser, une enclume et un marteau à *enchapeler*.

Papa a eu vite fait sa *pranière*. Il est arrivé, reposé, a choisi une faux après avoir essayé chaque manche pour voir son équilibrage, et il est reparti sous le cerisier en emportant la faux et le reste des outils. Son sac était toujours là, avec un léger creux à l'endroit où avait reposé sa tête. Il a plié soigneusement le sac jusqu'à obtenir une espèce de coussin et il a posé les fesses dessus en étirant les jambes devant lui.

Puis il a commencé à enfoncer en terre, entre ses jambes, la petite enclume grâce à son pied pointu. Quand il a été sûr qu'elle était bien stable, il a saisi la lame de la faux dégagée du manche, dans la main gauche, en a présenté le fil tourné vers lui sur un léger rebord de l'enclume, en commençant par le côté le plus large de la lame. Alors le marteau est entré en action. Tang ! tang ! tang ! Il tombait sur la lame, juste au bord, pour affiner le fil pendant que la main gauche la faisait défiler sur le rebord de l'enclume.

---

1. Petit récipient que l'on met à la ceinture. Il contient l'eau qui sert à aiguiser la faux lorsque c'est nécessaire et sert d'étui à la pierre à aiguiser.

Je regardais le marteau tomber, régulièrement, toujours au bon endroit. C'est au son que je me suis rendu compte de la précision : il n'était ni trop creux, ni trop plein, une belle musique métallique. Papa était complètement à son affaire, les deux bras souples et la tête légèrement penchée sur le côté pour bien apprécier l'ouvrage.

Quand il a eu fini d'enchapeler, il s'est levé, m'a tendu le gouvet :

« Tiens Gilou, va mettre la moitié d'eau là-dedans ! »

Le ton était de commandement, mais gentil : fini de rire, maintenant on travaille et c'est sérieux. Quand je suis revenu, très vite, avec le gouvet à moitié plein, papa avait monté la faux sur son manche. Je tenais le gouvet dans les mains, et lui a mouillé la pierre et a commencé, méthodiquement, l'aiguisage du côté le plus large de la lame pointée vers le ciel, le manche appuyé sur la cuisse : un coup dessus, un coup dessous, en remontant.

La lame s'est mise à pousser une autre chanson : « Rong ! rong ! rang ! rang ! ring ! ring ! » au fur et à mesure que la pierre arrivait vers la pointe. Alors, il a tâté du pouce, très légèrement. Un sourire satisfait a éclairé son visage :

« Je crois bien qu'on pourrait se raser avec ! »

Et je suis sûr qu'il avait raison. Il est allé dans le hangar ranger sa faux et a dit en passant :

« Juste, dis-moi laquelle tu prends, je vais te l'enchapeler. »

Et c'est ce qu'il a fait en même temps que Bordau et Maïu s'installaient à côté de lui pour s'occuper de leur faux. Et je dois dire que tous les deux connaissaient leur affaire car le son des marteaux ne prêtait pas à discussion.

Ensuite, ils se sont mis à quatre pour amener un deuxième char sous le cerisier. Il a fallu retrouver les cordes à foin, grosses comme mon bras, mettre de côté des râteaux et des fourches à trois longues dents. Marcel et moi ne savions où donner de la tête : « Tiens, valet, fais-moi ci ! » ou « Dis, mon valetou, regarde par là si tu vois pas ci ou ça… » dans une joyeuse ambiance de veillée d'armes.

Vers la fin de l'après-midi, on est partis, tous ensemble, sans se presser, et on est montés en direction de l'épaulement, avec Mirette qui courait partout. Juste, avec ses deux fils et son ami Jean, tenait sa partie dans la conversation, montrant un champ par-ci, un pré par-là, et expliquant quel événement s'était produit dans la ferme qu'on apercevait ici ou celle qu'on devinait là-bas.

Arrivés à l'épaulement, ils ont arrêté le programme du lendemain et on s'est assis sur le talus, au bord du chemin. Le barrage, tout en bas, pétillait sous le soleil qui descendait sur les monts d'Auvergne. À un moment, Juste a remarqué :

« Ça coupera bien demain, on va avoir un peu de rosée ! »

Et les autres ont approuvé sobrement, contents de sentir que la semaine allait bien commencer. Puis on est revenus, alors que la brise remontait en rasant les prés, depuis le ruisseau, en dessous de *Chez Charrat* jusqu'à la coupe boisée au-dessus du pré du barrage.

Quand on est arrivés dans la cour, Emma est sortie de la salle ; elle portait sur les bras deux couvertures marron qu'elle a remises à papa et à Bordau. Ils sont partis ensemble en direction de la grange et j'ai compris qu'ils allaient coucher là, dans le foin, un peu comme le berger qui, lui, dormait dans l'étable.

Papa est revenu avec la deuxième musette qu'il avait apportée le matin. Il a ôté sa chemise et s'est dirigé vers le bachat, a sorti un morceau de savon de la musette et commencé sa toilette à grand renfort de projections d'eau et de : « Crénom qu'elle est froide ! »

Marcel et moi nous tenions un peu à l'écart pour éviter les gouttes, mais il a bien fallu se rapprocher quand papa a dit :

« Et maintenant, à vous deux, mes gaillards ! »

Nous avons eu droit à un récurage complet pendant qu'Emma, derrière la fenêtre, hochait la tête pour marquer sa désapprobation. En plus, il a fallu que Mélie sorte juste quand j'avais enlevé ma culotte pour parfaire le nettoyage. Elle s'est caché le visage dans les mains en pouffant : j'ai dû rougir comme une tomate.

Le repas du soir a été plus calme que celui de midi. Papa a insisté pour aller faire la traite et il avait l'air tellement content de remplacer Maïu qu'on a pu aller voir le ratapenat plus tôt que d'habitude. Tout le monde a fait la prière, même Bordau, ce qui ne doit plus lui arriver bien souvent ! Mais ce qu'Emma veut…

Et maintenant qu'arrive l'apothéose de tout ce charivari qui a fait passer le dimanche comme dans un rêve, je ne peux même pas y assister. Tant pis, même s'il faut risquer un peu, je me hasarde jusqu'en haut de l'épaulement. Les vaches sont bien paisibles, même la Rouge qui, par extraordinaire, est au milieu du troupeau. Voilà, d'ici, je n'ai qu'une dizaine de mètres à faire pour jeter un coup d'œil sur lui.

L'observatoire est idéal : toute la demi-conque du pré est sous mes yeux ; la pente va s'arrondir à ma gauche et se relever ensuite en une contre-pente qui me fait presque face. Le pré dessine un vallon descendant qui va s'amenuisant, sa rive droite bordée là, à trois cents mètres, par la ferme et, un peu plus bas, par la maison Charrat, pour finir à la ligne de saules qui marque le ruisseau, tout au fond de la vallée.

Dans la contre-pente, l'aspect a changé depuis ce matin. Là où il n'y avait qu'un tapis d'herbes hautes piqueté du bleu des sauges, du blanc des marguerites sauvages et du jaune des pissenlits, je peux maintenant suivre un alignement d'andains parallèles qui descendent vers le fond arrondi du vallon.

Je reconnais Juste, le dos au soleil, et je devine le balancement des bras et la rotation de la faux devant lui. Il semble traîner à sa suite un andain qui s'allonge peu à peu sur sa gauche. Mon regard dérive vers la droite. Trois faucheurs, dos courbé, font face à la pente. C'est Maïu qui est en tête, papa puis Bordau suivent au même rythme lent et continu du tronc qui pivote de droite à gauche. Leurs lames jettent, de temps à autre, un reflet de soleil, avant de disparaître dans l'épaisseur de l'herbe qui frémit à leur passage, puis se couche doucement pour se laisser emporter vers la gauche et venir grossir et étirer l'andain où pointent, çà et là, des tiges de chardons.

Les hommes, qui avancent à tout petits pas, laissent derrière eux deux rails brillants creusés par les sabots qui écrasent la brosse mouillée de l'herbe coupée au ras du sol. De temps à autre, ils s'arrêtent et échangent un mot ou deux tout en s'épongeant le front et le cou avec de grands mouchoirs. Puis, appuyant le manche de la faux sur la cuisse, ils passent soigneusement le fil de la lame entre l'index et le majeur pour enlever la fine pellicule verte qui s'y est déposée.

Alors, les pierres sortent, d'où s'égoutte l'eau des gouvets accrochés à la ceinture et pendant entre les cuisses. On entend le chant minéral de l'aiguisage qui attaque dans les graves et meurt dans les aigus, quand la pierre atteint la pointe des faux. Le ballet des bras arqués peut reprendre. Il est un peu plus de 8 heures. Comme Juste l'avait prévu, il y a une légère rosée et la chaleur du soleil exaspère l'odeur puissante d'herbe coupée et mouillée.

Mélie et Marcel viennent de passer le portail. Au fur et à mesure qu'ils s'approchent, on distingue les râteaux qu'ils portent sur l'épaule. De plus, Mélie est chargée d'un panier qu'elle balance à bout de bras. Ils m'ont vu et Marcel me fait de grands signes de la main.

Ils s'arrêtent tout au début du premier andain. Mélie explique à Marcel comment, d'un coup adroit et rapide du râteau, on étale l'herbe de l'andain pour qu'elle sèche plus vite. Je me dépêche d'aller jeter un coup d'œil rapide sur les vaches. Tout va bien ! Je ne veux pas perdre une miette des débuts de faneur de Marcel. Bien sûr, vu sa taille, il tient le râteau de façon un peu gauche. Au bout d'un andain, il s'en sort suffisamment bien pour que Mélie l'envoie vers Juste pendant qu'elle tiendra sa partie derrière les trois hommes.

Les andains disparaissent peu à peu, remplacés par un fouillis d'herbes éparses au-dessus duquel tournoient des nuées de moucherons.

Une heure a passé. Je vois les faucheurs s'arrêter un à un. Juste a, lui aussi, posé sa faux et, précédé de Marcel, rejoint les autres. Maïu porte le panier et le groupe se dirige vers le chemin où tout le monde s'assoit, adossé au talus, face au soleil. Je suis un peu triste, tout seul, alors qu'ils sont à cent cinquante mètres au plus. Comme si Mélie avait deviné ma pensée, je la vois qui monte vers moi :

« Tiens, mon petitou, va manger un morceau avec les hommes. Je vais surveiller les vaches. »

Je ne me le fais pas dire deux fois et je dévale le chemin avant que les autres n'aient tout mangé.

En fait, ils n'ont même pas encore regardé le contenu du panier, ils en sont à discuter des péripéties du travail du matin. Puis papa, avec un regard complice vers Juste et Maïu, s'empare du panier et questionne, l'air de rien :

« Par quoi on commence ?

– Ah ben ! Bordau ! Un bon canon d'abord ! Pour la suite, on verra après ! »

Pas de doute, la réponse espérée est arrivée : on peut sortir du panier le litre plein et un verre ! Il passe de main en main et chacun, après l'avoir vidé, jette d'un geste identique les quelques gouttes qui restent au fond et sont censées nettoyer au passage l'endroit où les bouches assoiffées ont laissé une petite marque.

Même Marcel et moi avons droit à un fond de verre.

« Un homme sans canon, c'est pas un homme ! »

Juste ne me paraît pas convaincu de la remarque rigolarde de Bordau. Enfin, on passe aux choses sérieuses et les couteaux sortent des poches pour faire un sort au lard froid et au fromage qu'Emma a soigneusement emmaillotés dans un torchon propre.

Puis vite, le travail reprend, toujours au même signal : Juste a plié son couteau et l'a mis dans sa poche. Je reste un petit moment à regarder les faucheurs ; surtout, j'essaie de deviner la lame qui se glisse, sifflante, dans l'herbe, et qui pointe, tout à coup, sa tête acérée au ras de l'andain avant de repartir en arrière, apparaissant, entière et luisante, au rythme du faucheur. Je suis content, sans pouvoir dire au juste pourquoi, et je peux aller garder mes vaches.

XI

On rentre le foin

« ARRRRÉÉÉ ! » Maïu tient l'aiguillon à deux mains, horizontalement devant lui, et frappe alternativement sur le front de la Rouge et de Lionne. Les deux bêtes baissent la tête, comme deux automates, du fait du joug qui les relie. Les veines du cou se gonflent, les sabots ferrés prennent appui entre les cailloux apparents de la cour, les yeux exorbités fixent l'aiguillon. Puis, Maïu se rapproche, le ventre à toucher le joug, et dans un effort conjugué des bêtes et de l'homme, le char recule sur le plan incliné menant au portail de la grange qui bée, attendant sa ration de foin.

Juste et papa sont à l'arrière, chacun surveillant un des côtés de l'entrée et prêt à pousser le hooo ! qui stoppera l'attelage si celui-ci dévie. Mais non, les grandes roues bleues atteignent le plancher de la grange dans laquelle le char pénètre lentement avec un bruit assourdi de tonnerre puis s'arrête.

Lionne et la Rouge soufflent, on met deux cales aux roues du char, puis on enlève la clavette qui retient le timon au joug, et les deux vaches peuvent ressortir de la grange, toujours liées. Elles sont fatiguées et vont être remplacées par la Bayarde et la Noire pour le reste de la journée.

Le travail va bon train depuis le début de la semaine. Le matin, toujours très tôt, les quatre hommes se lèvent, les muscles encore endoloris du travail de la veille et après un sommeil lourd et profond. Une demi-heure après, ils sont « au pré » et le manège incessant des faux reprend. Mélie et Marcel arrivent ensuite, pour défaire les andains. À midi, c'est le repas, suivi de la pranière.

Papa, en tout cas, n'y manque jamais. Il a sa place sous le cerisier, à côté de l'enclume qui reste fichée en terre. Il s'endort très rapidement, une vingtaine de minutes, s'étire un peu ensuite et enchapèle sa faux et celle de Maïu, dont le fil s'est usé dans la matinée. Juste et Bordau font de même, mais Juste, lui, après avoir dormi dans la grange sur un petit tas de foin. Pendant ce temps, Maïu « va lier » les vaches, tantôt une paire, tantôt l'autre.

L'après-midi, alors que le soleil tape très fort, soit on retourne le foin qui n'est pas encore assez sec, soit on fait des roules qu'on met ensuite sur le char : c'est le seul moment où Emma intervient. C'est un as du râteau : c'est elle qui m'a appris. À cause de la chaleur et des taons, les vaches ne vont pas en champ. Aussi, je participe au ratelage avec un outil un peu plus petit. Je suis chargé de ramasser tout ce qui reste derrière elle ; Mélie et Marcel, eux, font les roules.

« J'ai bien dit TOUT ! » a précisé Emma.

J'en rêve la nuit, de ces roules. Elles commencent par une longue ligne de foin qui voisine avec une longue bande de pré nue après le passage du premier râteau. Puis, la bande vierge s'élargit progressivement pendant que la roule gonfle pour devenir une grosse chenille odorante dans laquelle j'ai envie de plonger.

Quand elle est jugée suffisamment importante, on recommence à côté d'elle, qui se retrouve serpentant à flanc de pré, sur un sol où l'herbe rase pique un peu les pieds. Bientôt, le pré est transformé en champ de foire avec plusieurs chenilles, comme celles de la Vogue, mais ici, elles ne tournent pas en rond !

Alors, on va chercher l'attelage qui attendait, tout harnaché, à l'ombre du cerisier. Les tâches, là encore, sont bien définies. Juste est le maître pour

« faire le char », c'est-à-dire pour réceptionner les énormes « fourchérées » que papa lui envoie, les répartir du mieux possible sur les longerons qui constituent le plancher du char, avec des vides, donc. Tout l'art consiste à construire une bonne assise, solide, sur laquelle le reste du foin viendra s'appuyer de la façon la mieux équilibrée ; et pour cela, il ne faut pas craindre de *chaucher*[1].

Pendant qu'on charge, je suis devant les vaches, pénétré de ma tâche importante : les empêcher d'avancer au risque de provoquer la chute de Juste, là-haut perché. Les vaches secouent la tête à cause des taons et des mouches qui les agacent, malgré les espèces de résilles constituées de fines cordelettes qui leur pendent devant les yeux. Une odeur de benzine les enveloppe, émanant des zébrures de *mouchichine* qu'on leur a faites sur la tête, le cou et les épaules avec une plume de poule : j'ai enfin l'explication sur le contenu du bidon que j'avais vu sur l'étagère du hangar.

Il faut cependant que j'aide à l'action de la mouchichine qui n'est pas suffisante. Fréquemment, d'une bonne claque sonore appuyée d'un « Saleté va ! », j'écrase un taon et j'ai alors, dans la main, une bouillie noire et rouge que j'essuie dans

1. *Tasser soigneusement avec les bras, les jambes et tout le corps.*

l'herbe. Je suppose que Lionne et la Rouge apprécient mes efforts. Tout en jouant mon rôle de cornac et de chasse-mouches, je regarde papa pousser devant lui la fourche à trois dents. La roule ondule sur deux ou trois mètres, se gonflant en une grosse boule de foin. Papa, une main très près du fer de la fourche, redresse le manche à la verticale pour que les dents s'enfoncent au cœur de la masse en la tassant. Puis un han ! souligne l'effort des reins qui projettent trente ou quarante kilos de foin à bout de bras. Alors, il va vers le char, la tête et les épaules noyées sous la charge d'où tombent des brindilles, en tanguant un peu sous le poids et, d'un dernier effort des jambes un peu pliées, envoie à Juste qui attend, là-haut, les bras ouverts.

Tous les quinze mètres environ, on fait avancer l'attelage non sans avertir Juste d'avoir à se tenir pour ne pas tomber. Quand la charretée est finie, on sent qu'elle représente une masse compacte qu'il ne reste plus qu'à peigner un peu sur les côtés pour, d'un léger coup de râteau, faire tomber quelques mèches de foin. Une corde est alors lancée de l'avant vers l'arrière où elle est passée dans un tourillon à cliquet. On entend couiner le chanvre sur le bois de celui-ci pendant que le cliquet scande la progression du serrage qui incruste, petit à petit, la corde au cœur du foin sur le dessus de la charretée. L'attelage descend ensuite vers la ferme en laissant, çà et là, quelques traces dans les buissons qui bordent par endroits le chemin.

Pendant qu'un char se remplit, Maïu et Bordau, dans la grange, ont vidé, Bordau sur le char et Maïu sur la sommérée, la livraison précédente, faisant en sens inverse ce qui a été fait au pré.

Le travail, auquel tout le monde participe, ne s'interrompt qu'une fois vers 5 heures. On casse alors une petite croûte qu'Emma agrémente d'une omelette froide. Elle apporte les provisions dans un panier, suivie ou précédée de Julie qui a quartier libre jusqu'au soir. La chèvre en profite pour aller arracher, debout sur les pattes arrière, les feuilles des frênes qui croissent en bouquets disséminés autour du pré.

Aujourd'hui, comme chaque matin dorénavant, j'étais en champ à regarder papa, Juste et les autres, très bas maintenant vers la ferme. C'est alors que j'ai vu Claude traverser le haut du pré que Juste a fauché en début de semaine. Il garde à côté, dans une pâture qu'on devine à travers la haie de noisetiers qui la sépare de « la nôtre ». Il a attaqué, sans préambule, le pourquoi de sa visite. Il craint, lui aussi, que ses vaches ne prennent la mouche et ne partent, queue en l'air, à toute allure, vers le ruisseau au fond du vallon. Ça lui est arrivé, paraît-il, une ou deux fois ces derniers temps, et les Charrat ont fait savoir à son père que leurs prés n'étaient pas des champs de foire !

« Les bergers, c'est toujours nous qu'on prend ! Hein, Gilou ? »

Bien entendu, je n'ai pu qu'approuver.

Il s'agit donc d'apprendre rapidement les paroles d'une chanson très en vogue chez les bergers qui s'ennuient, tous seuls, à portée de voix d'un collègue.

Demande : Quelle heure est-il ?
Répons : Madame Platil.
Demande : … heures et quart.
Répons : Madame Placard.
Demande : Qui te l'a dit ?
Répons : La p'tite souris.
Demande : Et où est-elle ?
Répons : Dans la chapelle.
Demande : Et que fait-elle ?
Répons : De la dentelle.
Demande : Pour qui ?
Répons : Pour les dames de Paris !

Bien entendu, on peut être alternativement le demandeur ou le répondeur selon que l'on a pris ou non l'initiative de lancer l'échange.

J'ai une assez bonne mémoire. Nous avons pu faire immédiatement un essai lorsque Claude a eu rejoint son troupeau qui n'avait pas bougé. Nous nous sommes égosillés pendant un bon quart d'heure. Il m'a semblé que l'écho de la croupe boisée nous renvoyait des « o », des « i », et des « è », ce qui rendait les échanges encore plus amusants. Au début, les faucheurs, en bas, se sont arrêtés et ont levé une tête interrogative.

Ensuite je suis parti jouer dans la rigole, juste à côté des vaches que je pouvais donc surveiller tout à mon aise. Il y a encore un petit filet d'eau qui naît en dessous de l'épaulement et saute, de trou en trou, jusqu'au bois de fayards. Les sabots sont alors complètement superflus pour la confection de barrages dans laquelle je me suis lancé.

C'est là, pieds nus, que j'ai eu un coup au cœur : sur une petite plage d'argile nue et sèche, au bord de la rigole, un serpent était lové, immobile. Je n'avais jamais vu de vipère, mais j'ai pensé que c'en était une, avec sa petite tête triangulaire et les dessins noirâtres sur sa peau grise. Je regardais, paralysé de peur, une petite fourche brillante surgir devant elle comme un éclair et disparaître aussitôt.

Au bout de longues secondes pendant lesquelles je sentais des chocs sourds dans ma poitrine, j'ai pu reprendre un peu le contrôle de mes nerfs et saisir le bâton que j'avais posé à quelques pas. Quand je suis revenu, la bête n'avait pas bougé.

Alors, j'ai levé le bâton et j'ai frappé, frappé, frappé convulsivement. Les abois de Mirette ne faisaient qu'accentuer ma frénésie. La vipère, d'abord blessée, ouvrait la gueule et semblait cracher en tentant de fuir. Mais les coups de bâton la stoppaient, la faisaient sauter en l'air tandis qu'elle se tordait dans tous les sens.

Elle devait être morte depuis longtemps quand je me suis enfin arrêté. Ça ne ressemblait plus qu'à une espèce de pauvre petite chose toute cassée, le corps souple brisé en angles aigus, avec un filet de sang qui coulait de la gueule ouverte. Et là, j'ai vu, en regardant de près, que le palais tout rosé était hérissé de deux espèces de crochets recourbés.

J'ai compris que la langue noire n'était pas ce qu'il fallait craindre. Mon excitation, ma peur surtout, étaient tombées. J'ai eu un peu honte et de la peine aussi que je ne voulais pas m'avouer. J'ai pris le petit corps par la queue et je l'ai enterré dans un trou, sous la rive de la rigole.

Je n'en ai parlé à personne pendant le repas ou après : je n'ai pas voulu savoir ce qu'on aurait pu me dire, dans un sens ou dans l'autre.

XII

Matthieu et sa chaudière

BORDAU EST PARTI HIER SOIR, non sans avoir encore fait des siennes. Comme tout le monde, il était content : la semaine a été formidable et il a fait beau. Il y a maintenant deux sommérées qui touchent presque le toit de la grange, sans compter qu'on a pu augmenter de presque deux mètres celle entamée. C'est dire qu'il reste très peu de place.

Je suis monté avec l'échelle, tout en haut ; il fallait se baisser un peu pour ne pas se cogner ; les poutres maîtresses étaient noyées dans le foin. Je ne suis pas resté très longtemps, j'ai eu comme une angoisse. D'abord, il faisait une chaleur étouffante et il m'a semblé que j'allais m'enfoncer dans cette énorme masse et m'y noyer. J'avais beau me raisonner en pensant à Maïu qui avait travaillé là pendant des heures, la sensation de pouvoir être englouti dans cette chaleur obscure a été la plus forte. Ensuite j'ai eu peur du ratapenat. Je ne l'ai pas vu mais je suis vite redescendu. Par contre, les explications concernant le feu qui pouvait prendre tout seul, là-dedans, ne m'ont pas convaincu.

Donc, Bordau est parti. Il a fallu que Maïu l'accompagne jusqu'aux Lagiers. Il a passé le portail en chantant une chanson de grand qui parlait d'une « pauv'marchande de quat'saisons » à qui des voleurs avaient « piétiné ses choux de Bruxelles et son cresson ». Bien que trouvant la situation plutôt drôle, Marcel et moi nous sommes regardés sans comprendre. Papa et Juste avaient une étincelle dans les yeux, Mélie avait rosi et Emma branlait du chignon avec indignation. J'ai supposé que les nombreux saluts que Bordau avait adressés à la bouteille, sur la table, étaient la cause de sa gaieté. Il a promis à Juste de revenir, pour la batteuse, plus tard.

Marcel ne peut pas bien profiter de la situation. Papa lui a annoncé qu'il devrait redescendre. La petite sœur ou le petit frère va arriver, et il faudra quelqu'un pour aider maman et surveiller Marie quand papa sera au travail. Je ne sais pas si je suis triste. Il me semble pourtant que oui. Depuis que nous sommes ici, la situation entre nous s'est éclaircie. Il a ses occupations et j'ai les miennes. Quand on se voit, on peut jouer sans trop se chamailler et Maïu ou Mélie sont là, qui apaisent les conflits avant que les différends ne se règlent et que je sois plié en deux.

Depuis deux semaines, je n'ai vu qu'un seul avion. Je pense qu'il était boche, mais je n'en suis pas sûr : Marcel n'était pas avec moi. Le fait qu'il soit triste de partir me rend triste aussi. Mais c'est quand même normal que ce soit lui qui aide, puisqu'il est le plus grand, comme il le dit souvent.

Je suppose que c'est dû au fait que l'agitation de la semaine est retombée, mais j'ai tendance à traîner un peu pendant que papa est occupé à rassembler tout ce qu'il doit redescendre. De plus, j'évite de me retrouver nez à nez avec Maryse ; c'est la petite-fille de Juste et Emma, qui est venue de Saint-Genest avec nous, après la messe. Sa mère doit passer, en fin de journée, pour la ramener chez elle. J'ai hâte que ça arrive. Tout ça est assez difficile : papa et Marcel vont partir et j'ai de la peine, Maryse ne s'en va pas assez vite et ça m'embête.

Vraiment, avec les filles, je ne comprends pas souvent ce qui leur passe par la tête. Déjà Mélie, elle est gentille avec moi, on ne peut pas davantage, mais je me rends bien compte que, souvent, elle est ailleurs, comme le premier jour où le ravaudage s'arrêtait pendant que ses yeux partaient loin, bien au-dessus du barrage, où le soleil se couche tous les soirs.

Et ce matin, à la messe, où Claude et moi avons pu discuter sans que M. le vicaire ne nous voie ; il m'a montré, de loin, deux ou trois filles qui iront à l'école avec nous, aux Lagiers. Parce que, et là je suis content, on va se retrouver dans la même école, à la rentrée. Donc, c'est en tout cas ce que prétend Claude ; sur les trois, il y en a deux qu'on peut *biquer* assez facilement ; mais la troisième, Rose, ne veut rien savoir.

D'abord, je ne savais pas qu'on pouvait avoir envie de biquer les filles, comme ça, au hasard. Ensuite, je trouve que c'est un peu dommage que Rose ne veuille pas : elle semble avoir les mêmes joues que Mélie et c'est une des payses dont elle m'a parlé l'autre dimanche. On aura bien le temps de voir d'ici la rentrée.

Et puis, il y a Maryse. Elle m'a gâché mon dimanche. Elle a les yeux trop vifs et la langue bien pendue. Pendant tout le repas, elle n'arrêtait pas de me regarder en cachette et de piquer du nez dans son assiette quand nos regards se croisaient. Elle a un an de plus que moi, d'après ce que j'ai compris, mais elle croit savoir tout un tas de choses qu'un gaga comme moi ne sait évidemment pas.

À un moment donné, j'en ai même pleuré. Quand je lui ai dit que j'aurai bientôt un petit frère ou une petite sœur que maman allait acheter à Saint-Étienne, elle a éclaté de rire en me traitant de bêta. Elle a voulu savoir si maman avait un gros ventre. Je n'ai pas remarqué mais, oui, il me semblait bien que maman avait grossi ces derniers temps.

« Alors grand benêt, c'est là qu'il est ton frère ou ta sœur, et pas à la clinique ! »

Je ne veux pas le croire parce que c'est trop incompréhensible ; ensuite, d'où je viens, moi alors, et Marcel et tous les autres ? Non, vraiment, Maryse est trop peste. C'est ce que je n'arrêtais pas de me répéter tout en pleurant comme ça ne m'était pas arrivé depuis longtemps.

Pour finir, une heure après, elle est venue m'interrompre pendant que je jouais avec Mirette. Elle m'a demandé, toute gentille, si je voulais bien l'aider à monter dans le cerisier. L'échelle est contre le tronc, ce n'était pas bien difficile, mais puisqu'elle avait l'air d'être redevenue normale, je suis allé avec elle pour lui montrer. Elle n'a pas voulu que je monte d'abord et a tenu à passer la première : j'aurais dû me méfier.

Arrivée au milieu de l'échelle, elle s'est arrêtée et j'ai levé les yeux afin de savoir pourquoi. J'ai vu qu'elle portait, sous sa jupe plissée, une culotte bleu marine, en laine tricotée. Je dois dire que ça m'a fait rire. Alors là, elle a éclaté :

« Je le dirai à ma mère, et à Emma aussi ! Monsieur regarde la culotte des filles ! »

Je l'ai abandonnée, la rage au ventre : qu'elle se débrouille et redescende toute seule ! Non mais…

Puisque c'est comme ça, je vais aller donner un coup de main à Maïu. Il est sous le hangar, le béret repoussé vers l'arrière. Son éternel sourire flotte sur son visage et il sifflote, sa dent cassée en biseau.

« Bon, nous on mange, mais le *caillon* aussi ! Faudrait voir à lui faire sa soupe ! »

Le caillon, c'est Matthieu. Je l'appelle comme ça. J'ai fait sa connaissance dès le début. Il vit au bout du hangar, du côté de l'étable, pour que son purin tombe dans la fosse, comme celui des vaches. Il est déjà bien gras, « Dans les cent cinquante ! » m'a appris Maïu, très fier.

Je l'aime bien Matthieu même si je sais trop comment il va finir. Lui ne se doute de rien et fait tranquillement le tour de son domaine en poussant de petits grognements. Souvent, il franchit le petit passage qui a été ouvert dans le mur et se retrouve à l'air libre dans un enclos, contre le mur. Le sol en est tout piétiné, avec des inégalités dues aux coups de groin de Matthieu.

Il ne peut pas s'empêcher de fouiller le sol, mais avec prudence à cause de l'anneau qu'il a dans le nez. Cet anneau, constitué d'une pointe recourbée à la tenaille, lui a été posé quand il était petit. J'ai trouvé ça cruel et j'en ai parlé à Maïu, pas à Juste.

Maïu n'a pas eu l'air de comprendre et je me suis dit que les grands, même gentils, avaient parfois de drôles de manières.

La « chaudière » est sous le hangar. C'est une espèce de grande marmite en fonte, toute noire, avec un foyer incorporé en dessous. Elle me fait penser à un énorme crapaud. Un simple tuyau de fer en sort à l'arrière, passe à travers le toit du hangar et évacue la fumée, enfin, celle qui ne sort pas directement par l'avant en piquant les yeux.

Maïu a enlevé l'énorme couvercle : il doit peser une huitaine de kilos. Puis, il prend un sac à moitié plein, à côté de la chaudière. Je suppute qu'il y a au moins trente à quarante kilos de petites pommes de terre, pas très bien lavées, qu'il verse dans la marmite. Pour faire bonne mesure, il rajoute une dizaine de kilos de choux qui attendaient, à côté des patates. Ensuite, il plonge la main dans une grosse boîte en bois et en sort une bonne poignée de sel un peu gris. Il parsème tout ça au-dessus des légumes. Pour finir, il va au bachat, puiser trois ou quatre seaux d'eau pour que tout baigne bien. Ça me fait penser, tout à coup, qu'Emma doit faire bientôt la même chose ou à peu près, pour ce soir, quoiqu'en quantité moins importante. Ah ! oui, elle épluche les pommes de terre aussi…

Maintenant, Maïu s'affaire à quatre pattes devant le foyer. Une poignée de paille, quelques brindilles, du bois un peu plus gros par-dessus, et il prend une allumette dans une boîte. Puis il range la boîte bien haut, sur le mur, dans un trou, tout en me regardant en souriant pendant que son index fait des allers-retours de droite à gauche : « Pas touche ! » Ça, je sais, maman nous l'a assez répété, à Marcel et à moi.

Maïu craque l'allumette et enflamme la paille. Il souffle un peu pour activer le feu et tousse quand la fumée bleue lui pique le nez et les yeux. Ça a bien pris. Maïu peut rajouter deux bonnes bûches de fayard que le feu commence à lécher sans avoir l'air d'y toucher. Mais il ne lui faut pas longtemps pour se mettre à dévorer le bois cependant qu'on entend de petites détonations au milieu des flammes.

Maïu et moi nous asseyons sur une planche posée à terre, le dos contre des sacs de pommes de terre, en face du foyer. Nos corps se touchent, on est bien, et il commence à chanter un petit air très simple sur des paroles en rapport avec la situation :

Au feu ! Les pompiers
La maison qui brûle !
Au feu ! Les pompiers !
La maison brûlée !

C'est pas moi qui l'ai brûlée
C'est le petit gendarme !
C'est pas moi qui l'ai brûlée
C'est le petit pompier !

Elle est facile à retenir cette chanson ; je peux chanter avec Maïu, d'abord doucement, puis on crie assez fort pour qu'Emma passe la tête à la fenêtre de la salle. Marcel a dû entendre aussi ; il traverse la cour au galop :

« Vous auriez pu m'attendre ! »

C'est vrai, mais la fête n'est pas finie. On lui fait une place, contre l'autre épaule de Maïu, et on apprend une nouvelle chanson qui, d'après notre maître, a beaucoup de succès à Saint-Étienne :

As-tu vu Gugusse,
Sur la place Marengo ?
Qui tuait ses puces,
À grands coups d'marteau.

Suivent ensuite quelques couplets que, seul, Maïu chante pendant que Marcel et moi, les mains devant la bouche, nous étranglons de rire. Oh ! là là ! Si Emma ou maman entendaient ça !

La soupe de Matthieu chauffe maintenant depuis un bon moment. Il faut soulever le couvercle, sans se brûler, pour voir ce qui se passe. De grosses bulles irisées et piquetées du vert des choux viennent crever à la surface : la soupe « a pris le bout », comme dit maman. Il est donc temps de mettre un peu de gras. Maïu coupe une tranche de lard bien rance dans un morceau pendu à côté de la chaudière et la jette dans l'odorante soupe qui glougloute, puis remet l'énorme couvercle. Je ne sais pas trop quoi penser du fait que Matthieu se régalera avec cette soupe qui aura le goût de son prédécesseur.

Pour tuer le temps, pendant que la soupe de Matthieu cuit, Maïu nous emmène jusqu'à la *boutasse* qui se trouve à une cinquantaine de mètres du cerisier. Elle dort au creux du pré et recueille l'eau qui ruisselle des pentes par temps de pluie. Quand elle déborde, l'eau s'en va par une rigole qui suit le fond du vallon jusqu'au ruisseau.

Pour le moment, elle est aux trois quarts pleine. Touchant le muret de pierres et de boue qui forme le petit barrage, un piquet de bois plonge au fond de l'eau grise et louche, avec à son extrémité, qu'on ne peut voir, une grosse bonde qui obture le regard d'évacuation de la boutasse. De maigres touffes de joncs baignent leurs racines sur les bords où de minuscules plages de vase crachent des bulles quand on y pose les sabots.

Emma nous a défendu d'y aller seuls, mais avec Maïu, l'interdiction ne tient pas. Il espère qu'on va pouvoir capturer des *gargouillouts*[1]. Ils ont déjà dû grandir ou alors ils n'aiment pas le coin. En tout cas, nous ne voyons rien. Je regarde l'eau avec un peu de dégoût et d'appréhension. Je pense que c'est comme le barrage, en plus petit : impossible de deviner ce qui se cache, là, au fond. Si ça se trouve, il n'y a rien, mais on ne peut le savoir.

Nous pouvons retourner voir la pâtée du cochon qui doit être cuite maintenant. À nouveau, Maïu enlève le couvercle, sans se brûler : je le trouve vraiment très costaud. La soupe là-dedans ressemble beaucoup à celle que nous mangeons le soir, sauf que le bouillon est plus foncé et que les petites pommes de terre ont laissé éclater leur peau. Maïu en retire adroitement quelques-unes qu'on va laisser refroidir un peu sur une planche. Elles ont un goût bien particulier, un peu terreux, tout à fait délicieux.

Pendant que Marcel et moi épluchons nos pommes de terre, en soufflant comme des phoques pour ne pas nous brûler les doigts, Maïu a saisi une sorte de presse-purée en bois, gros comme un bâton d'un côté, large et plat comme une soucoupe de l'autre. Puis, en faisant très attention de ne pas faire gicler le liquide brûlant, il *piche*[2] parce que

1. *Têtards.*
2. *Écraser avec un pilon.*

« quand c'est froid, on y arrive plus, c'est trop dur ! ». Tout à l'heure, quand ce sera moins chaud, on pourra en porter un grand seau à Matthieu qui va se régaler en claquant, à grand bruit, des mâchoires dans son auge.

Le soleil a disparu derrière la grange. La cour est plongée dans l'ombre, et la fraîcheur commence à la parcourir par petites ondes impalpables. Une dame arrive au portail, le portrait craché d'Emma, en plus jeune. Elle passe devant le bachat et entre dans la salle.

Je me demande si je vais ou non me cacher dans la grange : c'est sûrement la mère de Maryse. J'attends trois minutes au portail : il ne se passe rien. Je tente alors le diable : j'entre, moi aussi, en tâchant de passer inaperçu.

« Tiens, v'là notre berger ! » dit Juste en plissant les yeux.

Maryse me fait une grimace, sa mère n'a même pas tourné la tête : elle est bien trop occupée avec Emma, toutes deux appuyées contre le fourneau éteint. Elle n'a pas que des défauts cette Maryse, elle n'est pas rapporteuse, *porta-boudien*, comme dit Juste qui a horreur de ça.

Je peux m'intéresser à ce qu'il y a sur la table et que papa s'efforce de caser dans les musettes, qui attendent gueule ouverte : deux douzaines d'œufs bien pliés individuellement dans du papier journal. « Tu les mettra dessus ! » conseille Emma ; un gros morceau de lard que papa coupe en deux parce qu'il n'y a que cette méthode pour le faire entrer dans la musette ; un saucisson gros comme je n'en ai pas vu depuis longtemps. Le petit salé pose un problème : il dégoutte, alors on va l'essuyer avec un torchon et le plier dans un autre, propre.

Il y a encore la moitié d'une boule de pain de seigle, une motte de beurre emmaillotée dans deux feuilles de chou bien lavées – ah ! ce vert et ce jaune me donnent envie d'une bonne tartine – et trois chèvretons, secs à point.

C'est au tour de papa de dire :

« Fallait pas, Emma, fallait pas…

– Tssst… tssst… »

Il est bien embarrassé avec toutes ces victuailles. Je suis sûr qu'il pense à maman et comme elle va être contente. Mélie a deviné et s'approche :

« Laissez, Jean, je m'en occupe… »

Papa peut se remettre à discuter avec Juste et fixer une nouvelle visite, « pour la batteuse, peut-être bien ! ».

Marcel est assis, tout triste, à un bout de table, le menton dans les mains en coupe et les yeux fixés sur les musettes mais qui semblent ne rien voir.

« T'en fais pas va, mon valet, tu reviendras… »

Juste essaie de le consoler, sans trop y croire.

Maryse est partie avec sa mère en me jetant :

« À un de ces jours, Gilou, on remontera dans le cerisier ! »

Ah non alors ! Tu peux toujours courir ! Papa et Marcel mangent un petit morceau, puis papa passe une bretelle de musette sur la poitrine et croise la deuxième dans l'autre sens. J'ai comme une image fugitive d'hommes jeunes, avec des musettes aussi, mais des coiffures bizarres sur la tête. J'ai dû voir ça dans un journal, je suppose.

Et voilà, ils s'en vont : papa embrasse Mélie et serre la main de Juste. Il dit simplement :

« À bientôt hein ? Maintenez-vous ! »

Emma le regarde, les bras croisés sur sa poitrine, son menton tremble un peu. Maïu s'est arrêté de siffloter, il a enlevé son béret comme il fait le soir pour la prière et il dit à Marcel :

« T'es un vrai valet ! »

Juste recommande :

« Méfie-toi des pandores, hein, avec ce que tu as sur le dos ! »

Papa rit :

« Avec leur vélo et leurs sacoches, y nous suivront pas loin ! »

Ils passent le portail, alors papa m'embrasse et me glisse :

« Tu seras sage hein ? »

Marcel dit simplement :

« Veinard ! »

Je cours derrière la grange, pour les suivre le plus longtemps possible. Je vois la main de Marcel qui s'agite au-dessus de sa tête. Je pleure, un peu. Maïu m'appelle :

« Viens, mon valetou, on va donner à manger au caillon ! »

XIII

Les rêveries de Mélie

LA VIE NORMALE A REPRIS SON COURS, un peu comme avant les fauchaisons, monotone mais douce. Je suis en train de mesurer ce que pèse l'absence de Marcel. Pour la première fois, je mange, je dors, je joue et il n'est pas là. Je n'en ressens qu'une peine toute petite mais qui existe quand même.

Le premier soir, j'ai trouvé le lit immense. Mes pieds ne rencontraient pas d'obstacle et, si je restais immobile, aucun friselis de feuilles mortes ne venait, comme hier encore, résonner légèrement à l'intérieur des parois de bois du lit-placard. Mon attention, retenue par les échanges de rires, ou plus sérieux de confidences, avant de s'endormir, n'avait plus rien où s'accrocher qui me soit habituel.

Maintenant, Mélie est la seule personne vivante que je sens, quand il fait noir, et qu'il n'y a plus d'autre présence perceptible dans la ferme.

Comme toujours, elle vient se coucher après moi. J'entends les frôlements de vêtements qu'elle ôte, puis le petit lit qui grince.

Avant, je le remarquais à peine ou presque, c'était une habitude familière. Dorénavant, j'attends, un peu impatient, cette proximité, dans l'obscurité. Il arrive qu'elle parle toute seule. Oh ! très doucement, une espèce de chuchotis de demandes et de réponses. Certains soirs, ça dure longtemps, d'autres, elle s'endort tout de suite. Elle ne doit pas se douter que je l'entends, pensant que je dors alors que je m'efforce de ne faire aucun bruit.

Quand même, un soir, je n'ai pu tenir. Les souris menaient leur sarabande vers le four, j'en ai profité :

« Mélie, tu entends ? »

Elle a du sursauter parce que sa réponse a tardé à venir. Elle m'a gentiment traité de peureux, mais je n'ai pas été vexé parce que j'avais obtenu ce que je cherchais : lui parler et qu'elle me parle. On a échangé deux ou trois phrases sur de petits faits survenus dans la journée ; pour une première approche, j'ai trouvé que c'était bien.

Depuis, je ne m'endors presque jamais sans qu'on ait parlé un peu, comme avant, avec Marcel. Mais je ressens que c'est Mélie qui, assez fréquemment, lance un signal :

« Tu dors, mon petitou ? »

Et non, je ne dors pas, j'attends, mais sans le laisser deviner. On se fait des confidences : je lui ai parlé de Claude, de la vipère, de Campette aussi. Mélie sait écouter et ça m'étonne beaucoup.

Je ne lui ai rien dit de Maryse et surtout du gros ventre de maman. Je verrai, plus tard peut-être. Je ne sais pas encore bien si je peux avoir confiance. Il me paraît déjà que oui, mais il y a des choses, c'est dur de les dire à quelqu'un.

Mélie, elle, ne me raconte pas trop ce qui lui est arrivé dans la journée, ou avant. J'aimerais bien lui demander pourquoi il y a souvent du tirage avec Emma. Je les aime toutes les deux, pas de la même façon bien sûr, et ça m'embête de voir souvent l'eau du barrage dans les yeux d'Emma et les pierres du mur sur le menton de Mélie.

J'ai remarqué qu'elle dit fréquemment :

« Ce que j'aimerais… »

Mais elle ne finit pas son souhait, il est donc difficile de deviner. Ou bien, elle murmure :

« Plus tard… »

Et là encore, ce futur reste en suspens dans sa phrase et dans sa tête aussi, sans doute. Quand même, je commence à avoir une petite idée. Elle me fait parler, je le vois bien, mais ce sont plus des réponses qui lui conviennent qu'elle me demande, sans s'en rendre compte, que des choses nouvelles qu'elle voudrait connaître.

Ça tourne beaucoup autour de ce qui se passe en bas, c'est facile à deviner. Heureusement que je n'ai pas les yeux dans ma poche et, qu'en plus, je m'intéresse à la façon dont s'habillent maman et les voisines. À Saint-Genest, Mélie a déjà pu voir et désirer des choses pour « plus tard… ». Quelques femmes viennent de Saint-Étienne, qui sont probablement riches et pas du tout vêtues comme les femmes d'ici, même celle qui a la grosse ferme qu'on voit quand on va à la messe. Mais, par exemple, quand je lui ai expliqué que j'en avais rencontré avec des fourrures autour du cou, la tête qui pendait devant, sur l'épaule, avec le museau, des yeux marron en verre et même les pattes, elle a soufflé :

« Pssss ! »

J'ai précisé que c'était l'hiver dernier.

Elle aimerait aussi savoir où les femmes travaillent : elle a entendu dire qu'en bas, il y en a qui vont à l'usine. Alors là, je ne sais pas. Dans le quartier, je n'en connais pas. Puis, au fil des confidences dans le noir, elle s'est extasiée sur des choses que, même moi qui n'ai qu'un peu plus de neuf ans, je sais depuis… pratiquement depuis toujours : la Grand-Rue, à Saint-Étienne avec des magasins des deux côtés, des boutiques où des femmes se font coiffer, le tram tout vert qui te fait traverser bien plus loin que les Lagiers…

Le tram, elle en a entendu parler, mais elle ne semble pas trop y croire en me demandant si je ne confonds pas avec le train qui va à Lyon. Quand on en a parlé la première fois, j'ai conclu, fâché, en lui disant :

« Tu verras bien, quand tu iras, si c'est pas vrai ! »

Je suppose qu'elle y serait bien allée tout de suite.

Avec Maïu, les choses ont peu changé. Mais il s'occupe plus de moi qu'avant, ce qui est normal, puisque Marcel n'est plus là. C'est un grand frère comme lui que je voudrais, en plus de Marcel évidemment. Lui ne me demande jamais comment c'est en bas. Il s'en fiche royalement. Il a tout ce qu'il veut à la ferme, alors pourquoi chercher autre chose.

Je sens, quand même, une petite blessure qui fait un peu mal depuis que Marcel est parti. Tant qu'à faire, autant deux petits frères plutôt qu'un. Je le vois au fait qu'il dit parfois :

« Quand Marcel était là, ceci… »

Ou :

« J'ai expliqué ça à Marcel… »

Maintenant, c'est lui qui choisit les bons morceaux pour moi dans l'assiette de cochonnailles, et il n'est pas apparu que Juste était jaloux.

Finalement, si Emma parlait un peu plus, à Mélie en particulier, et si j'osais poser plus de questions à Juste, ça ne serait pas comme à la maison mais presque.

En champ, je demande régulièrement l'heure à Claude, à moins que ce ne soit l'inverse, en faisant résonner le bois de notre chœur à deux voix. De plus, c'est facile depuis quelques jours. En effet, le regain a poussé dans le pré, encouragé par une bonne pluie d'orage qui « a attendu qu'on ait fini, c'est bien aimable ! » a plaisanté Juste.

Dorénavant, le matin, on commence toujours par une *repérée*[1] dans le regain. Maïu est allé couper une trentaine de genêts à balai et les a taillés en biseau. Il les enfonce dans le sol en une ligne régulière qui délimite, chaque jour, la repérée que les bêtes peuvent manger. Ça me demande une grande attention parce qu'elles cherchent, systématiquement, à franchir la ligne imaginaire pour aller engloutir une bouchée par-ci, une bouchée par-là, dans l'immense réservoir vert au lieu de se contenter des quelques mètres carrés qu'on leur a assignés pour la matinée.

---

1. Petite surface de regain que les bêtes doivent pâturer « jusqu'à l'os » par mesure d'économie.

Je sais que je ne peux pas tricher parce que la ligne verte non attaquée doit correspondre à la barrière infranchissable constituée par les genêts. Pendant une bonne heure et demie, je n'arrête pas de bondir d'un mufle à l'autre pour éviter les incursions. La Rouge est, de ce point de vue, particulièrement à surveiller : elle attend que j'aie le dos tourné pour foncer dans le jardin défendu.

Quand tout est bien rogné et que les bouses fraîches bien liquides, dues à l'herbe nouvelle, décorent le blanc du pré rasé court, j'emmène le troupeau au pré du barrage, dans les fougères et genêts attenants.

Je me suis rendu compte, avec le temps, qu'il y avait un tas de choses à voir pour qui sait regarder. Bien sûr, je continue à faire rouge orange, mais il arrive aussi que je passe un bon moment à surveiller les corbeaux quand ils s'amusent avec le vent. Car ils jouent, j'en suis sûr. Déjà leurs cris ne sont pas les mêmes que les insultes qu'ils me crachent à répétition lorsque je les dérange, ou bien les quolibets, courts et rauques, qu'ils se jettent quand ils se chamaillent.

Encore qu'ils soient capables de jouer entre eux, le plus souvent j'en découvre un seul qui lâche de petits « craa ! » guillerets tout en montant tout droit dans le ciel, en toupie, avant de plonger en feuille morte et de redresser son vol à quelques mètres du sol. Puis, il effectue un ou deux tonneaux et remonte, le bec vers le ciel, pour recommencer.

De temps à autre, j'ai la chance de tomber sur un lièvre. Le plus souvent, il est assis, tout pensif, au beau milieu du pré. Les oreilles dressées, il ne se presse pas trop pour décider s'il va détaler ou non. Enfin, les grandes pattes à ressort de son arrière-train se mettent en action et, en quelques bonds, il disparaît dans les genêts ou dans le bois de fayards. Ou alors, il s'engouffre dans les blés, déjà bien hauts, du champ à gauche, ce fameux champ où les bêtes auraient tendance à s'aventurer si l'on n'y prenait garde. Mirette, qui l'a vu, se lance à sa poursuite mais en vain… Elle revient, au bout de cinq minutes, la langue rose pendante, avec des perles de salive qui tombent pendant qu'elle se remet, le ventre bien étalé dans l'herbe fraîche.

Il m'est arrivé aussi, une fois ou deux, d'apercevoir un goupil. Mais là, ç'a été très furtif. Il est sorti au coin du champ à la lisière du bois de fayards. Manifestement, il n'avait aucune peur des vaches. J'étais dans la rigole à colmater une fissure dans un de mes barrages. Mirette dormait à côté de moi. Il ne nous a pas vus, mais à sa façon de lever son museau vers le ciel, comme si sa tête était tirée par un fil invisible, j'ai compris qu'il cherchait d'où venait l'odeur qui l'inquiétait. Il avançait de deux ou trois pas, puis une patte avant suspendue, il reprenait sa quête ; à la troisième ou quatrième tentative, il a tourné la tête dans ma direction et, sans doute possible, a repéré l'intrus. Alors il a filé au petit trot et s'est évanoui dans les genêts… avec sa queue à l'horizontale presque aussi longue que son corps.

Ce matin, pas de lièvre, de corbeau ou de goupil. Claude, même, n'est pas là ; son père a dû l'envoyer garder dans un autre pré. Mais j'ai trouvé une occupation inhabituelle, après la station journalière dans le regain et la transhumance jusqu'au pré du barrage. Je n'ai pas remarqué tout de suite que les fougères et les genêts présentaient un aspect insolite. J'y fais pourtant de fréquentes incursions depuis que les bêtes y vont aussi.

C'est sans doute un reflet fugitif qui m'a alerté. En vérifiant d'où il provenait, j'ai vu, pendant sur une fougère déjà un peu rougissante, un lambeau de ce qui paraissait être un débris de papier argenté, comme celui qui entoure les tablettes de chocolat. Ç'a été le début d'une chasse qui m'occupe depuis : un morceau, là dans l'herbe, un autre qui tombe d'un genêt un peu tremblant sous la brise, un autre encore, là, plus loin. J'ai tout gardé, comme un faisceau de copeaux métalliques coincé entre le pouce et l'index de la main gauche. Je suppose que le vent de la nuit les a poussés car il n'y en a pas ou très peu dans le pré. C'est bizarre, personne n'est venu manger du chocolat ici, ou alors ?

« Tu devrais pas toucher à ces trucs ! »

Oh ! ce qu'il m'a fait peur. C'est un type, plutôt grand, là en face moi. Je ne le connais pas, bien sûr.

« Encore une saleté que les Boches nous aurons envoyée avec leurs avions ! »

Lui aussi a l'air d'en savoir long sur les avions boches.

« C'est sûrement empoisonné, c'truc là ! »

Je mets la main gauche derrière mon dos, je lâche subrepticement ma cueillette de papier de chocolat. Ah oui ! il faut que je frotte mes doigts à ma culotte, la main droite aussi : elle a touché. Je fais tout ça dans mon dos. Le type, là, n'a pas besoin de savoir ce que je pense ou non de ses histoires.

Maintenant il me dévisage, tranquillement, de haut en bas. Je sens son regard qui s'attarde sur ma figure, sur ma chemise, mes jambes : sûrement, il doit y avoir des traces de boue puisque j'ai inspecté mes barrages en arrivant. Il affiche un petit sourire narquois que je n'apprécie guère. En plus, on dirait qu'il fait exprès de changer de place pour que j'aie le soleil dans les yeux, ce qui fait que ma main droite vient en visière. Elle n'est pas très propre non plus !

« Dis donc, comme ça, ta sœur ne garde plus les vaches ou quoi ? »

Comme je suis revenu de ma surprise et qu'il n'a pas l'air si méchant que ça, j'aurais bien envie de rire. Ma sœur ! Non, je décide de rester, sans rien dire, comme une souche. Il est quand même bizarre, ce type : Mirette n'a pas bronché, comme si elle le connaissait. Je lui donne dans les vingt ans, les cheveux un peu ondulés. Il est en chemise avec un pantalon de golf : c'est pas un paysan en tout cas. La voix trahit le gaga.

« Ben, dis donc, t'es pas bavard ! Ça doit être de famille. C'est vrai que les occasions de parler… »

Je le sens qui tourne autour de quelque chose qu'il aimerait bien obtenir. Il me fait penser à Maria quand elle a attrapé une souris : un petit coup de patte par-ci, un petit coup de patte par-là, pour la faire bouger, ou courir ; mais la souris, la pauvre, fait la morte en espérant que Maria va l'oublier. Et le chat, lui aussi, revient à la charge :

« Décidément, vous les pl… paysans, il faut tout vous arracher avec un tire-bouchon ! »

Ça me fait plaisir qu'il me prenne pour un paysan mais le ton est plus moqueur, un peu dur même.

Alors là, je tourne les talons et je fais semblant d'envoyer Mirette chercher une vache. Ça marche, il prend une voix gentille pour m'expliquer de ne pas me fâcher, que je suis un grand garçon, bon berger en plus, il a pu le constater. Donc, ce n'est pas la première fois qu'il vient et je ne l'ai jamais vu !

Maintenant, il m'explique qu'il s'appelle Roger, qu'il ne veut pas aller au « Estéo » et qu'il travaille dans une ferme aux Lagiers. Il ajoute, un peu bravache, qu'il attend les Américains, qui vont bientôt venir, et qu'il va les aider à faire retourner « tous les Boches en Bochie ! ». Je suis un peu perdu dans les détails et je pense que la ferme dans laquelle il travaille doit être peu regardante. Ce n'est pas Maïu qui pourrait courir comme ça et discuter avec le berger d'une autre ferme. À la fin, il revient à son point de départ :

« Alors, maintenant, c'est toi qui garde les vaches. T'as remplacé ta sœur ? »

Ça recommence, j'en ai assez.

« D'abord, Mélie c'est pas ma sœur ! »

Et je tourne les talons de façon définitive cette fois. Je l'entends rire dans mon dos :

« Merci mon gars, c'est joli Mélie ! »

Oh ! mon Dieu ! qu'est-ce que j'ai fait ! Je m'étais pourtant juré de me taire. Mais non ! Ç'a été plus fort que moi, il a fallu que j'aie le dernier mot.

J'essaie, toute la journée, d'oublier que j'ai sûrement fait une bêtise. Cet après-midi, par exemple, je vais avec Juste vider la boutasse. Le dernier orage a entraîné des débris et il faut nettoyer ça. Je ne peux manquer l'opération, on va savoir s'il y a des choses cachées dans le fond. Juste s'approche du piquet de bois, le saisit à deux mains et donne de petites poussées à droite, à gauche. Ça résiste un peu. Puis on sent que le balancement s'accentue et Juste peut alors, dans un dernier effort, enlever la bonde.

Pendant un quart de seconde, on a l'impression qu'il ne se passe rien, juste un frémissement à la surface. Et tout à coup, un entonnoir se creuse là où pointait le piquet tout à l'heure. Dans le même temps, sous le muret, de petits tourbillons commencent à se former et l'eau se lance dans la rigole, de plus en plus vite. On dirait un gros serpent gris et marron qui se tortille en s'étirant de plus en plus, avec des éclairs verts et noirs qui apparaissent et disparaissent en tournoyant : une partie de ce qui a été amassé là, au fond, et qu'on ne voyait pas est arrachée et emportée par le petit torrent furieux que Juste a déclenché.

Dans la boutasse presque vide, l'eau, en partant, laisse des squelettes de bois ou des touffes de racines, noyés dans une gangue grise et luisante de boue malodorante. Il faut enlever tout ça, en faire un tas sur le bord, qu'on brûlera quand ce sera sec. Finalement, l'eau sale ne cachait pas grand-chose.

Il aurait peut-être mieux valu ne pas la laisser stagner aussi longtemps.

Maintenant, je suis couché et j'attends Mélie. Je ne sais pas quoi décider. Je peux faire celui qui dort, mais il me semble que c'est malhonnête. Si on parle, je peux ne rien lui dire. Non ! Je n'y arriverai pas ; tant pis, je lui raconterai, quitte à me faire gronder.

Elle arrive, enfin ; j'attends qu'elle soit couchée et je lui débite tout d'un trait : Roger, l'« Estéo », les avions, le papier de chocolat et les Américains. Quand j'ai vidé mon sac, je me rends compte que Mélie ne m'a pas une seule fois coupé la parole. Et c'est elle qui a le mot de la fin :

« Allez, mon petitou, dors va. C'est pas grave tout ça. »

Elle doit changer de côté parce que j'entends le lit grincer.

« Tu m'as bien dit qu'il s'appelait Roger ? C'est ça ? »

XIV

Campette et la couleuvre

Un remords me vient d'un seul coup, sans savoir pourquoi, ou peut-être si : parce que je suis en train de faire quelque chose que je ne devrais pas. Je sens confusément que Juste ou Emma n'aimeraient pas ça. Il suffit de se souvenir de leur inquiétude, le jour où les vaches ont pris la mouche et que j'étais en retard pour rentrer. Mais c'est plus fort que moi, il faut que je retourne au barrage. Alors autant essayer d'avoir l'aide de l'ange gardien. C'est maman qui en a parlé la première.

Elle nous a assuré, à Marcel et à moi, que tout le monde en avait un, même nous, même elle, même papa. M. l'abbé, au *patro*, était d'accord aussi, ce qui avait déclenché une discussion serrée à la sortie, un jeudi. C'est là qu'Henri, qui vient au patro alors que ses parents ne vont même pas à la messe, nous a bien fait rire. En effet, si tout le monde a un ange gardien, on se demande où ils se mettent tous, dans le tram, quand c'est bondé de gens qui vont au travail. Parce que même si c'est invisible un ange gardien, il nous accompagne partout et nous protège.

Toujours est-il qu'aujourd'hui, je suis content d'en avoir un qui empêchera des catastrophes pendant que je vais faire quelque chose que tout le monde m'aurait interdit : même Mélie. Mais alors là, on peut dire que c'est de sa faute. De temps en temps, elle revient en champ avec moi. Je ne sais plus si c'est depuis que les foins sont rentrés ou après. Je crois, malgré tout, que c'est après. Elle arrive vers les neuf heures et demie avec son sac rempli de ravaudage ou de vêtements à repriser. C'est à peu près le moment où j'amène les bêtes après le regain. Elle s'installe, toujours au même endroit, au coin du pré et de la lande à genêts et à fougères. Il ne fait pas encore trop chaud et elle peut se mettre à son travail sans perdre de vue les bêtes et le berger, là en bas dans la rigole.

Ce matin, par extraordinaire, elle m'a dit, alors que nous étions installés depuis un petit quart d'heure, que si je voulais jouer un peu, elle s'occuperait des bêtes. Elle a précisé que si je n'allais pas trop loin, je pouvais même descendre jusqu'au bois de fayards, là en dessous. Il y a des écureuils, ça je le sais, je les ai vus. J'ai été très vite tenté.

Mais ce qui m'obsède le plus, c'est le barrage. Je le vois tous les jours, de loin. Il est toujours là et cependant, il change souvent. Gai ou triste selon le ciel, la surface pleine d'étincelles ou ressemblant à une froide plaque de métal. J'ai calculé qu'en descendant très vite, mais en faisant plus attention que la première fois, et en remontant après un petit moment, je devrais pouvoir faire le voyage sans que Mélie ne se doute de rien.

Il y a une autre idée qui me trotte dans la tête mais, celle-là, je la mets dans un coin quand je sens qu'elle se précise un peu trop. Elle revient en catimini, pour que je puisse l'évaluer un peu mieux, la soupeser : c'est une sorte de jeu qui ressemble à ce qu'on fait avec Maïu quand on pioche des patates cuites en essayant de ne pas se brûler. De toute façon, qu'est-ce que je risque ? Il ne me mangera pas, il se contentera de se moquer de moi, comme la dernière fois. Et puis, il ne sera sûrement pas là. Ce serait bien le diable si je le rencontrais chaque fois que je vais au barrage.

C'est décidé : « Mon ange gardien, protège-moi ! » Je descends facilement : il n'y a qu'à suivre la rigole. Je n'ai pas peur du tout, juste une petite angoisse délicieuse qui me serre un peu la gorge. Les fougères et les genêts me sont aussi familiers que l'herbe ou le regain. Tiens ! là aussi pendent quelques papiers de chocolat : il suffit de les éviter soigneusement pour ne pas s'empoisonner.

C'est tellement facile que je me demande comment j'ai pu avoir si peur la première fois ; c'est vrai qu'il y avait les vaches, ce qui n'est pas rien. Je sors déjà à la lisière des genêts et je mets le pied sur le chemin. L'eau est là, juste en dessous. Elle est d'un gris bleuté, transparent. On voit très bien le fond, tapissé de cailloux qui semblent bouger sous l'effet de minuscules vagues qui rident la surface.

Un léger bruit de ressac meuble le silence. Je n'arrive pas à y croire : c'est là que les vaches sont tombées ! Je commence à penser qu'elles savaient très bien ce qu'elles faisaient. D'ailleurs, Juste a bien dit « qu'elles allaient se baigner » !

J'explore un peu les lieux. Sur ma gauche, le chemin va se perdre derrière un petit éperon boisé qui avance dans l'eau. Si j'allais par là, je devrais arriver au ruisseau que nous avons traversé, Marcel et moi, et qui passe sous la ferme Charrat. À droite, je connais déjà la petite anse qui termine ce bras de barrage et qui a servi de baignoire il y a peu.

En face, à dix mètres, le chemin revient et continue avant de disparaître derrière un mouvement de terrain qui descend tout le long de la pente, depuis le haut de la montagne en dessus. Je me demande à quelle distance est la maison de Campette que je ne peux voir ; mais je sais qu'elle est là. Finalement, à force de regarder d'en haut le paysage, celui-ci s'est incrusté dans ma tête comme une photographie. Je me suis imaginé une expédition quand ce n'était qu'une petite promenade.

Je vais remonter maintenant, même si Mélie n'a pas dû se rendre compte que j'étais parti. Avant, je peux jeter un coup d'œil sur la rive : l'eau n'est qu'à trois ou quatre mètres, il suffit de faire attention. Oh ! ça par exemple ! Il y a une vipère lovée là, juste au bord. Elle est très grosse et je n'ai même pas pris mon bâton.

Peut-être n'est-ce pas une vipère ? La couleur déjà : plutôt verdâtre ; la taille ensuite : je dirais bien plus d'un mètre ; la tête aussi est différente, moins anguleuse, avec une espèce de tache jaunâtre qui en fait le tour. Elle pointe une fourche brillante et noire, régulièrement, devant la gueule fermée, comme l'autre.

Je n'ai pas peur du tout, je n'en reviens pas moi-même. Ooooaaaah ! J'ai failli basculer dans l'eau ! Le cri a jailli à moins d'un mètre du serpent et celui-ci n'a pas bougé. Je cherche la noyée, mais il n'y a rien que l'eau transparente avec des taches de soleil qui miroitent sur les pierres du fond.

Ooooaaaah ! J'ai envie de faire comme Campette, en me tapant sur les cuisses, pour rire plus fort : sur une pierre plate, que lèchent des vaguelettes, là, juste au bord, il y a une énorme grenouille et je vois la peau jaune, brillante sous sa tête, qui se gonfle, se gonfle pendant que les yeux dorés surveillent les alentours. Puis, le gros sac jaune se vide : ooooaaaah ! D'un seul coup, je pense à Marcel :

« Menteur ! »

J'ai dû le dire tout haut. J'entends : floc ! La grenouille n'est plus là, je vois juste deux pattes, les griffes écartées, qui la propulsent vers le fond. Le serpent n'a toujours pas bougé : je peux m'en aller en prenant des précautions pour ne pas le déranger.

« Eh ben ! T'as vu comment son déjeuner est parti ? »

Je reconnaîtrais sa voix entre mille. C'est à croire qu'il devine ce que je fais, car c'est bien Campette qui est là, sur le chemin, fagoté comme à l'ordinaire, malgré le soleil. Est-il arrivé par la gauche, ou la droite ? Mystère ! Il est appuyé sur sa canne et attend, sans hâte, que je remonte sur le chemin.

« Alors, p'tit, t'as pas peur des couleuvres ? »

Donc, c'était une couleuvre et pas dangereuse en plus. C'est ce que m'explique Campette avec sa voix où roulent de petits graviers. Si je n'étais pas arrivé, il est probable que la grenouille aurait fait un excellent repas pour la couleuvre.

« Allez, remonte en vitesse, avant que tes vaches fassent des bêtises ! Juste serait pas content de te savoir là ! »

Et, il s'en va, avant que j'aie eu le temps de dire un mot.

Vite, je remonte. Je suis incroyablement content. Il n'y a pas de doute que l'ange gardien a bien fait son travail : aucun ennui et j'ai vu Campette, qui m'a parlé. En plus, je sais comment est faite une couleuvre, et surtout que les noyés sont sortis de l'imagination de Marcel. Si Mélie ne se doute de rien, le succès sera complet.

Elle est toujours là, au même endroit. Il me semble que la coquille, sur son oreille droite, est un peu défaite. Elle dit simplement, en souriant :

« Qu'est-ce que tu fabriquais, tu es resté bien longtemps ! »

J'évalue que j'ai dû mettre une heure à peine, avec, bien cachée derrière le reste de mes idées, une inavouable pensée de récidive. C'est presque trop facile.

Je pense, maintenant, m'occuper de mes barrages jusqu'à ce que Mélie décide qu'on peut rentrer pour le repas. Elle aussi a l'air contente de sa matinée, à tel point que je ne peux m'empêcher de lui demander :

« On est bien, hein Mélie ?

– Oui, mon petitou, on est bien ! »

Et elle rit, comme pas souvent.

À l'eau ! À l'eau ! C'est devenu un rite que j'accomplis, avec un peu de regret de quitter le pré et, tout à la fois, du plaisir d'avance de retrouver la salle, la table toute simple, l'odeur de ragoût et toutes ces petites choses que nous répétons, tous les jours, tous les cinq. Les vaches font leur arrêt-buvette au bachat puis regagnent paisiblement l'étable.

C'est en sortant après avoir attaché les bêtes que nous les apercevons : deux gendarmes sont en train d'appuyer leurs vélos contre l'un des piliers du portail. Mélie en est toute interdite et se précipite à l'intérieur de la maison. L'un des gendarmes, le plus grand, ôte son képi et s'essuie le front avec un mouchoir. Il y a des marques rouges là où le képi a frotté. Il remet celui-ci sur sa tête puis se dirige vers la porte.

Il m'a semblé que son collègue tentait de le retenir par la manche en lui expliquant quelque chose. Mais le grand secoue la tête et entre, suivi du second un peu réticent. Je me faufile derrière eux et me rencogne vers le lit de Maïu dont les portes sont tirées.

Emma est à son fourneau, mais son attitude dit assez qu'elle se préoccupe peu du faitout qui vaporise son habituelle buée odorante. Juste, qui était assis, se lève mais reste à sa place. Maïu et Mélie ne bougent pas, comme vissés sur le banc. Je me fais tout petit, dans mon coin, sentant bien qu'il se passe quelque chose d'inhabituel ; pendant quelques secondes, on n'entend que les « zonzons » d'une prisonnière qui se débat désespérément sur le papier tue-mouches.

Le grand gendarme, qui a sous le nez une moustache énorme comme un paquet de tabac, prend une voix qu'il essaie de rendre assurée :

« Nous sommes t'en mission officielle, rapport aux réfractaires ! »

Et il se met à développer un peu des explications d'où il ressort, pour moi, qu'il est question d'« Estéo », encore, et de gens qui ne veulent pas, des jeunes surtout, et qui se cachent, alors nous, la maréchaussée, on les cherche.

Il s'arrête, comme à bout de souffle d'avoir tant parlé à la fois. Emma, qui a dû sentir la tension monter peu à peu, dit doucement :

« Mélie, donne deux verres ! »

Juste a écouté passivement la tirade du gendarme. Il lève simplement le bras et, d'une voix enrouée que je ne lui connais pas, ordonne :

« Attends une minute ! »

Puis il s'adresse au plus grand des gendarmes, là, avec ses guêtres bien astiquées et son espèce de cartable qui lui bat les reins, pendant que son collègue a fait, lentement, un pas en arrière vers la porte :

« Alors, comme ça, t'es descendu jusqu'ici pour me raconter ton histoire…

– Mais, Juste, nous sommes t'en mission officielle…

– Je t'en foutrai, moi, des missions officielles ! L'étable, tu sais où elle est l'étable, hein ? et la grange aussi ? Vas-y donc voir si y a des réfractaires ! Et puis, pendant qu't'y es, y a le charnier aussi, là en haut ! En plus, y a mon lit, là, tu veux que j'ouvre les portes p't'être ? »

La voix de Juste ne crie pas, elle siffle plutôt avec de petits postillons qui criblent le vide devant sa bouche. Le grand gendarme bafouille une dernière tentative, puis il tourne les talons alors que son collègue est déjà dans le couloir.

Je les suis, d'un peu loin, et je les vois reprendre leurs vélos et disparaître. Je vais au portail jeter un coup d'œil : les deux gendarmes, tête nue, montent le chemin en poussant leurs engins et on voit bien que la discussion est animée.

Vite, je reviens à la salle et je m'assois en face de Juste qui s'est rassis aussi. Il a la figure un peu crispée, des cordes fines sont tendues sous la peau de son cou, faisant saillir la barbe noire piquetée de poils blancs tout raides. Il répète, tout bas :

« Mission officielle, mission officielle, j't'en foutrai moi…

– Mais quand même, Juste, ces réfractaires… »

Emma est intervenue, sans quitter Juste des yeux, le dos tourné, là, devant elle.

« Tais-toi, femme, tu ne sais pas de quoi tu parles ! »

Je me sens rapetisser, je n'ose plus regarder Juste ; c'est la première fois, depuis que je suis là, qu'il contredit Emma et d'une façon si dure, si définitive, que je ne le reconnais pas.

Il me semble que Mélie me regarde et je lis dans ses yeux comme une prière muette qui me fait peur.

« Bon, alors ce *benedicite* ? »

Juste a repris son calme. On va pouvoir manger alors qu'Emma ronchonne, devant son fourneau, parce que le ragoût a attaché. Il est midi et quart et je crois percevoir que Maïu sifflote, tout bas, la chanson du p'tit gendarme ! Et moi, je retourne dans ma tête qu'il y a ce Roger que je ne connais pas et qui me préoccupe tant.

XV

L'amoureux de Mélie

DEMAIN EST UN GRAND JOUR, c'est « la batteuse ». Papa va venir pour donner un coup de main. Depuis le temps que j'espère ce jour ! Je me tourne et me retourne en faisant craquer les feuilles. Mélie n'est pas encore couchée. Je ne suis pas pressé qu'elle arrive d'ailleurs. Mélie ! Mélie !

Après la visite des gendarmes, la vie a repris son train-train. J'ai continué à aller en champ, l'après-midi aussi, quelquefois, quand la chaleur n'était pas trop forte. Comme avant, Mélie venait, de temps en temps, avec son « sac à travail » et s'installait au coin du pré, vers les genêts.

Je suis descendu subrepticement, à trois ou quatre reprises, vers le barrage. La dernière, j'ai rencontré Campette. Il m'a surpris, comme d'habitude, sans crier gare ! J'étais en train de faire des ricochets, enfin j'essayais : je n'y arrive pas trop bien, mais c'est la faute des cailloux qui ne sont pas assez plats par ici.

« Tu vas faire déborder le barrage ! »

Le ton était faussement sévère et les yeux, pleins de malice, démentaient le reproche. Pour la première fois, je lui ai parlé. Oh ! pas longtemps, parce qu'il m'a grondé en disant qu'un berger ne laisse pas ses vaches toutes seules. Quand il a su que Mélie me suppléait, il a concédé :

« Ah ! bon, parce que Juste mérite un bon berger hein ! d'accord ? »

Bien sûr, je ne pouvais qu'être d'accord et je suis remonté. Je repensais, en gravissant la rigole, à ce que Campette m'avait raconté au sujet de la Pierre au mercier. D'après lui, le Mercier était un bonhomme qui vendait des boutons, du fil, des aiguilles et tout un tas de trucs comme ça aux femmes, dans les fermes. Les pauvres, elles ne les trouvaient pas à Saint-Genest et n'avaient pas le temps d'aller en bas. J'ai trouvé drôle que ce soit un bonhomme qui fasse ce travail alors que maintenant, je connais très bien la mercière de maman. Baste ! Le fameux Mercier, qui avait gagné deux ou trois sous, faisait son inventaire sur la fameuse pierre. Et voilà deux malandrins qui passent et qui le frappent pour le voler, et le Mercier qui tombe à l'eau… Misère ! J'ai compris pourquoi je leur trouvais un air rébarbatif à cette pierre et à l'eau qui est en dessous. Campette m'a assuré que le Mercier n'y était plus, mais j'étais quand même sceptique, et même si ça s'est passé il y a longtemps.

Quand je suis arrivé au pré, les vaches étaient là, bien sages… Je n'ai pas vu Mélie, mais je ne l'ai pas appelée, pour la surprendre et lui faire une farce. Je suis passé le long des genêts, en faisant très attention pour qu'elle ne me voie pas venir. J'étais presque arrivé au coin du pré, quand j'ai entendu gémir.

J'ai cru que mon cœur s'arrêtait de battre : Mélie était là, mais je ne voyais que son visage et ses pieds nus. Elle avait les yeux fermés et sa tête allait doucement de droite à gauche, comme pour dire non, mais ses mains, oh ! ses mains étaient accrochées dans les cheveux de Roger et elles disaient oui, pendant que la figure de Roger était enfouie dans la poitrine de Mélie.

Je ne sais pas si je suis resté longtemps ou pas. De toute façon, je ne voyais plus rien. J'avais mal au cœur, au ventre, partout. Je me suis reculé, tout doucement, et j'étais sûr qu'elle ne m'avait pas vu. Je suis allé me cacher dans les fougères, je me suis couché en chien de fusil, comme dans mon lit, lorsque j'ai froid la nuit.

Je n'arrivais pas à pleurer : j'étais anéanti, sans pouvoir comprendre pourquoi. Il m'a semblé que, d'un seul coup, Mélie n'était plus du même monde que moi et je n'arrivais pas à lui en vouloir, même si j'étais recru de chagrin. Puis il y a eu une période de colère terrible, comme Juste en face du grand gendarme. Ce Roger, si j'étais grand, je l'emmènerais jusqu'à la Pierre au mercier, et je le pousserais dans l'eau, ou bien, tiens, je lui ferais comme à la vipère, v'lan ! v'lan ! et encore et encore ! Puis j'ai pleuré, si fort que ça me faisait mal à l'estomac quand je reprenais ma respiration, et je me suis endormi.

C'est Mélie qui m'a réveillé en m'appelant et là, quand je l'ai vue, je me suis souvenu de son visage du jour où je suis descendu pour la première fois, tout seul, au barrage, et que j'ai vu la couleuvre qui guettait la pauvre grenouille. Mais je ne lui ai pas demandé si on était bien parce que, vraiment, je me sentais malheureux comme les pierres, voilà, comme les pierres.

Alors je n'ai rien dit. Et le soir, à l'heure des confidences, j'ai fait le sourd, un bon moment, jusqu'à ce que Mélie me demande d'une petite voix inquiète :

« Qu'est-ce qu'il y a, mon petitou, t'es fâché ? »

Tu parles mon petitou ! garde ça pour Roger, hein ! Et Emma, qu'est-ce qu'elle dira Emma ? Elle n'aime pas les réfractaires Emma !

Mon Dieu ! Mais qu'est-ce qui m'a pris ? D'un seul coup, j'ai jeté toutes les pierres que j'avais sur le cœur, mais c'était à la figure de Mélie qui disait seulement :

« Oh non ! oh non ! mon petitou, oh non ! »

Alors, il y a eu la même réaction que dans les fougères. Quand mon fardeau a été déposé sur la pauvre Mélie, je me suis senti tout vide à l'intérieur. J'entendais Mélie pleurer dans son petit lit en fer qui grinçait. Je me suis levé tout doucement, et je suis allé, dans le noir, en cherchant son visage des mains. Il était tout mouillé et j'ai dit, simplement :

« Pardon, Mélie !

– Va vite te coucher. C'est pas grave. Je t'aime quand même ! »

Pourvu que ce soit vrai, surtout, pourvu que ce soit vrai.

Et maintenant, Mélie va arriver et, comme tous les soirs, depuis le fameux soir, elle va me dire :

« C'est notre secret, hein ! tu me le jures ! c'est notre secret ! »

Oui, Mélie, je te le jure, mais ça me fait mal de me rappeler ça et que tu n'aies pas confiance. Même si on me mettait sous la Pierre au mercier, je ne dirais rien, mais arrête de m'en parler. Voilà, c'est exactement ce qu'il faut que je lui dise tout à l'heure, quand elle sera couchée, sinon je vais mourir de chagrin et de honte.

XVI

La batteuse

J'AI DORMI COMME UNE PIERRE, profond, d'un sommeil lourd, sans bouger. Hier soir, j'ai réussi à dire à Mélie comment j'avais mal, mais, j'ai juré, je ne dévoilerai jamais rien à personne. Alors, il ne faut plus qu'on en parle. En un sens, je suis encore malheureux, à cause de Roger, mais c'est comme si j'avais une autre Mélie maintenant. Est-ce qu'elle est devenue grande, d'un seul coup ? Sans doute, puisqu'elle m'a dit plusieurs fois, quand je lui demandais pourquoi elle allait avec Roger et pourquoi on ne lui suffisait pas, nous tous dans la maison :

« Quand tu seras grand, tu comprendras. »

Elle a répété quelque chose que j'ai eu du mal à accepter et que j'ai déjà entendu dans la bouche des grands, même de maman, si je me souviens bien :

« Y a des choses qu'on ne peut pas expliquer aux enfants. »

Alors, ça n'est pas la peine de devenir grand si on ne peut pas expliquer. Toujours est-il que j'ai juré, mais je pense que c'est sur l'insistance de Mélie que je l'ai fait. De toute façon, je suis absolument sûr que jamais je ne parlerai à personne de ce qui est arrivé. D'abord, ça me ferait trop mal de remuer tout ça et puis, c'est à Mélie et pas à moi, enfin… il me semble.

Ces choses s'embrouillent un peu dans ma tête. Je repense, tout d'un coup, à ce qu'on m'a appris au « caté » : il ne faut pas jurer. Moi j'y crois puisque maman me l'a confirmé. Jusqu'à maintenant, j'ai tourné facilement la difficulté en ne disant que : « croix de bois, croix de fer »… Ça ne comptait pas puisque je ne prononçais pas la suite fatidique : « si je meurs, je vais en enfer ! ». Je ne m'en suis jamais servi qu'avec les copains qui n'y voyaient que du feu.

Hier, j'ai vraiment dit tout, en entier. Alors, si je racontais, est-ce que j'irais en enfer ? J'ai vu des images, dans un grand livre, à la cure. C'était horrible, ces gens qui criaient au milieu des flammes, et des diables tout noirs, avec des fourches à trois dents qui faisaient semblant de les piquer. On était deux ou trois à regarder et commenter ça : les diables noirs qui riaient avec leurs dents noires, leurs petites cornes sur la tête et leurs pieds de chèvre, leur queue avec une flèche au bout et leurs orbites vides éclairées de lueurs rouges dans le fond. Ça nous a plutôt amusés comme si on n'arrivait pas à y croire. C'est un enfer pour rire, sur des images quoi… Alors, finalement, est-ce que j'avais vraiment besoin de jurer ? Si maman avait été là, j'aurais peut-être pu lui poser la question.

Je crois que j'ai assez réfléchi pour ce matin. Si je veux voir la batteuse avant d'aller en champ, il faut que je me dépêche. La salle est toute sens dessus dessous : avec tous ces hommes qui vont venir, Emma et Mélie sont levées depuis longtemps et préparent déjà des monceaux de nourriture. J'avale mon bol de lait si vite que je m'étrangle à moitié et je me précipite dehors.

La grosse bête rouge, tout en angles et en arêtes, est là depuis hier soir. Les mécaniciens l'ont orientée, calée, préparée. Je lui trouve un air de gros animal bizarre, avec des roues en fer sur les côtés, des tiroirs fermés, des ouvertures qui mènent on ne sait où.

Qu'est-ce qu'elle a dû en voir ! Elle a amené de la poussière de paille et de blé de tous les endroits où elle est passée et elle attend, tranquille et silencieuse. Juste devant elle, son acolyte, noiraude et agressive, lâche des bouffées de fumée noire. Un mécanicien lui ouvre le ventre et dévoile un foyer rougeoyant, grand comme quatre ou cinq fourneaux d'Emma. Il lui expédie quelques pelletées de charbon et referme la porte de l'enfer avant d'aller tripoter des manettes et des robinets de cuivre.

Les deux machines sont reliées par une courroie large et lustrée. D'autres courroies, plus petites, courent entre des roues de différentes tailles sur le flanc de la géante rouge.

Tous les hommes sont là. Je cours vers papa qui n'a pas dû arriver depuis longtemps : ce que je suis content de le voir ! Il me soulève dans ses bras, si forts, pour m'embrasser :

« Tu as un petit frère. Il s'appelle Juste. Maman t'embrasse et Marcel aussi. Tout le monde va bien… Allez ! Y a du boulot ! À tout à l'heure ! »

Je fais le compte. Sur le gerbier, enfin, sur l'échelle qui monte à l'assaut du gerbier, Maïu, la fourche prête. Sur une planche qui sert de passerelle à deux mètres au moins du sol, le long de la batteuse, Tienne, un garçon de l'âge de Maïu à peu près, attend, armé d'un couteau à large lame courbe. Il va couper le lien des gerbes que lui enverra Maïu. À côté de lui, le Bérot, que je ne connais pas, donnera à manger à la batteuse les gerbes éventrées par le jeune. En bas, Bordau et Antoine, son beau-frère, vont s'occuper de la balle et de la paille. Juste est préposé aux sacs, et papa va l'aider et remplacer quiconque quand ce sera nécessaire.

Tout le monde veut assister au début du battage ; Emma et Mélie sont sorties de la salle et viennent jusqu'au cerisier pour participer. Le mécanicien s'assure que tout le monde est prêt, puis il tire sur une chaînette : l'air se déchire en deux ou trois sifflements stridents.

Alors, des manœuvres sur des leviers suivent et, lentement, une grande roue à rayons métalliques se met en branle sur la machine à vapeur, qui entraîne la courroie, qui elle-même fait tourner une autre grande roue sur la batteuse.

On a la certitude que celle-ci se réveille tout à coup. Les petites roues sur son flanc démarrent à leur tour, qui dans un sens, qui dans l'autre, et on entend, dans le ventre énorme, des bruits, des claquements, des hoquets, cependant qu'à l'opposé de la petite bête noire, qui halète en crachant des panaches noirs, la batteuse souffle des restes de balle de ses précédents repas.

Maïu jette la première gerbe et Tienne donne un coup sec sur le lien ; le Bérot étale la gerbe devant lui et, par de légères poussées, envoie un tapis continu dans l'ouverture à sa droite, et qui disparaît dans le ventre rouge.

Quelles opérations peuvent bien se dérouler là-dedans ? On ne peut que faire des suppositions, mais il y a quelque chose de magique : tandis que là-haut, sur leur piédestal, Maïu, Tienne et le Bérot donnent à manger des gerbes toutes neuves et entières, la machine commence à cracher du grain dans le sac que Juste a accroché sous des espèces de tiroirs en pente, elle exhale un souffle de balle qui étincelle dans le soleil et elle lâche, de temps à autre, un gros ballot de paille à qui on a volé ses grains.

Tous ces mystères baignent dans un ronronnement, avec de brusques montées sonores, quand le tapis à avaler est un peu plus épais et que la batteuse a plus de mal à déglutir. Petit à petit, une poussière impalpable enveloppe la géante et ses servants qui sont obligés de se parler à l'oreille à cause du bruit.

Pratiquement tous ont attaché un grand mouchoir autour du cou, en mettant les deux pans dans l'échancrure de la chemise pour empêcher la poussière et les fétus d'entrer. Je regarde, captivé, en sentant bien, dans le même temps, que si l'un des acteurs s'arrête, toute la chaîne humaine et mécanique va s'arrêter aussi.

« Allez, mon valetou, il faut aller en champ ! »

Juste me ramène gentiment à la réalité. C'est vrai qu'il faut sortir les vaches, j'aurai le temps de regarder cet après-midi.

Il est prévu que la batteuse reste jusque vers 4 heures. Le gerbier n'est pas très gros et n'a rien à voir avec, par exemple, ceux de la ferme aux nombreux valets et domestiques. Là, le battage va durer deux jours pleins.

Pendant que je monte le chemin, derrière les bêtes, je me dis que je ne l'ai pratiquement pas vu monter ce gerbier, pas plus que je n'ai assisté à la moisson. Un matin, le pré vers le cerisier était vide ; le lendemain, le gerbier était là, avec son sommet en pointe, un peu de guingois, et son bandage métallique de roue de char qui lui faisait un petit collier un peu ridicule.

J'étais déçu de n'avoir participé qu'à l'aiguisage des lames de la moissonneuse : la tâche la moins noble qui consiste à tourner, pendant des heures, la manivelle de la petite meule dégingandée, avec son réservoir d'eau riquiqui sur ses grandes et maigres jambes.

La matinée passe assez vite. D'abord, Claude est là, qui répond à deux ou trois invites, hurlées d'un pré à l'autre. Ensuite, je participe, de loin, au battage, en faisant de longues stations à l'épaulement : de là, je peux voir deux gros insectes, un noir et un rouge, avec de petites fourmis qui s'activent autour dans un nuage doré d'où monte un ronronnement étouffé. Enfin, ce matin, je n'ai que six vaches à garder : Lionne et la Rouge sont restées en bas pour transporter les bottes de paille à la grange.

Ça y est ! Le drapeau flotte au cerisier et je peux ramener les bêtes. Les deux machines, fatiguées ou repues, se sont arrêtées ; seule, la machine à vapeur, en chauffe, pousse un petit soupir de temps à autre. Lorsque je passe le portail, tous les hommes sont déjà dans la salle, dont la fenêtre est ouverte. J'entends les rires et les exclamations : quand même, ils auraient pu m'attendre.

Une fois les bêtes attachées, je me sens un peu perdu avant de rejoindre les autres. Là où d'habitude nous sommes cinq, il y a maintenant dix personnes et la salle, que je connais si calme, est envahie du brouhaha des conversations.

« Oh Bordau ! V'là le berger ! T'auras t'y besoin du dentiste aujourd'hui ? »

Je m'arrête à la porte et je sens la chaleur qui me monte au visage. Bien entendu, toutes les têtes se sont retournées et me dévisagent en souriant. Oh ! l'espèce de... l'espèce de... le sale type ! Il a bien fallu qu'il se paye ma tête encore une fois.

Moi, bien sûr, je n'ai que le droit de me taire alors que ce grand... ce grand... cornichon peut tout se permettre. J'ai eu beau tourner rapidement dans ma tête ma collection de gros mots, je n'en ai même pas osé, ne fût-ce qu'en pensée, un, bien précisément. D'ailleurs tout le monde a déjà oublié que je suis là.

Il a fallu mettre une rallonge à la table : un plateau de planches sur deux tréteaux, et des sièges de fortune, mais les assiettes de cochonnailles sont bien garnies. Comble de ripaille, Emma a sacrifié deux de ses poules qui attendent, déjà découpées, d'être servies en même temps que le ragoût habituel qui mijote dans le faitout plein à ras bord.

Emma me fait signe de m'installer au bout de la table : c'est l'observatoire idéal d'où je vois tout le monde. Le mécanicien, la figure un peu *mâchurée*[1], est à droite à surveiller les victuailles. Il ne dit rien, mais ses yeux ont déjà commencé le repas. À côté, Maïu discute avec son ami Tienne qui, lui, mange Mélie des yeux.

Papa a pris ma place, en face de Juste, ce qui me paraît le plus logique. Ils discutent tranquillement et le Bérot, à droite de Juste, met son grain de sel dans la conversation. Puis vient Bordau qui, pour ne pas changer, fait du bruit comme quatre avec son beau-frère dont les regards sur Mélie semblent agacer Emma qui a dû s'apercevoir du manège.

Très vite je m'amuse autant que Maïu qui donne de grands coups de coude à Tienne quand celui-ci tend son verre à Mélie, derrière lui : il se retourne un peu et rougit encore plus que moi tout à l'heure.

---

1. *Salie par la terre ou la poussière, qui ont laissé des traces noirâtres.*

Le beau-frère, lui, ne rougit pas et sa façon de dévisager Mélie me met en colère. Elle semble ne s'apercevoir de rien. Elle fait le tour de la table pour inviter les hommes à se servir ou leur verser à boire. Quant à Emma, la figure un peu rouge, le chignon impeccable, elle surveille tout son monde. Tiens ! il n'y a pas eu de bénédicité aujourd'hui…

Le repas se termine dans la bonne humeur alors que les esprits, un peu échauffés, ont fait monter le bruit des conversations jusqu'à ce que chacun soit parfois obligé de parler à l'oreille de son voisin. Emma a eu droit à un compliment – « le meilleur ragoût du canton » – et n'a pas fait de citation sur l'orgueil.

Mais quand Juste ferme son Opinel, toute la tablée fait de même et se lève en repoussant bruyamment les bancs. En deux minutes, tout le monde a regagné son poste et, après trois coups de sifflet, la chaîne a repris, du gerbier à la balle, à la paille et surtout au grain. Le gerbier, justement, a fondu : Maïu est maintenant à un mètre cinquante du sol et doit jeter les gerbes à Tienne, là-haut sur son perchoir.

Papa s'est approché de Juste : un sac est plein. Juste accroche un sac vide, à côté, sous un tiroir fermé qu'il ouvre. Je vois le grain couler doucement, puis le flot s'accélère quand papa ferme l'autre tiroir d'où il ôte le sac plein. Il tasse le grain par un mouvement qui embrasse le sac : hop ! hop ! de droite à gauche. Puis il plie en accordéon le haut du sac et Juste passe rapidement trois ou quatre tours d'une grosse ficelle autour des plis. Il serre et, deux ou trois nœuds plus tard, le sac est debout, bien rebondi.

Maintenant Juste saisit dans ses deux grosses mains le haut du sac, au-dessus des nœuds ; papa prend les deux extrémités au ras du sol, en forçant un peu des doigts pour assurer la prise. Ensemble, ils soulèvent le sac à l'horizontale. Un, deux, trois balancements et une rotation du corps ont fait passer le sac sur le dos de Juste, qui fléchit sous le poids.

Il s'en va, en tanguant un peu, traverse la cour, entre dans le couloir et s'engage dans l'escalier. Il monte deux marches, souffle, assure son équilibre en posant la main gauche sur une marche au-dessus de lui et finit ainsi l'ascension, le dos courbé sous la charge. En haut, il marque une pause et se dirige alors dans un coin, à côté du charnier. Là, il laisse doucement glisser à terre le sac, afin que celui-ci n'explose pas et rejoigne sans encombre ses frères qui l'attendent. Papa et Juste, qu'est-ce qu'ils sont forts !

Je peux maintenant aller jeter un coup d'œil dans la grange : je ne la reconnais plus. Ce matin, il ne restait que quelques bottes de paille, là à droite en entrant. Dorénavant, le pailler monte jusqu'à deux mètres du toit. Bordau et son beau-frère ont bien travaillé. D'ailleurs, les voilà qui font reculer le char, dans une manœuvre que je connais bien depuis les fauchaisons. Bordau monte là-haut, sur le pailler, et le beau-frère prend place sur le char. Puis il envoie à Bordau les bottes et celui-ci les range méthodiquement. Ils connaissent leur affaire, tous les deux, dommage qu'ils soient si bêtes.

Mélie fait un dernier tour avec la bouteille de vin et je décide de l'escorter. Chacun boit avec application et je retrouve ce geste de jeter le fond du verre, comme une manière de courtoisie pour celui qui boira ensuite. Tienne rougit, bien sûr, mais ce doit être le soleil. Dans la grange, Bordau et le beau-frère sont descendus de leur perchoir. Mélie sert son frère pendant que l'autre fait des plaisanteries que je ne comprends pas. Il devrait se méfier car je vois la pierre du barrage se former au menton de Mélie. Pendant qu'elle remplit le verre qu'il tient de la main gauche, il essaie de l'enlacer du bras droit pour l'embrasser. Mélie lui prend posément le verre et plaf !, il reçoit le contenu en pleine figure.

J'ai envie de crier « bravo ! » pendant que le butor tousse, crache et s'essuie tant bien que mal.

« Oh Bordau ! Le beau coup de canon ! Elle t'a pas raté ! »

Il rit alors qu'il aurait mieux fait de défendre sa sœur. Les grands, ils sont souvent incompréhensibles.

Il est 7 heures. La batteuse est déjà repartie depuis longtemps. Là où tout à l'heure régnait toute une agitation d'hommes et de machines ne reste plus qu'un cercle d'herbes aplaties parsemé de brins de paille. À côté, des taches noires dénoncent le passage de la machine à vapeur et, un peu plus loin, la brise du soir agite de petits tourbillons autour d'un monticule de balle.

C'est déjà fini, je suis triste. Papa a ses musettes de victuailles prêtes et c'est à ce moment que, tout à coup, je me souviens de mon nouveau petit frère, Juste. À quoi ça peut ressembler un petit frère ? J'embrasse papa. Je suis un petit peu content de rester, mais je serais tellement content de partir. Ça, je ne peux pas lui dire : les grands ne comprennent pas trop bien ces choses-là, en tout cas c'est ce qu'il me semble.

Une autre question me taraude pendant que je l'accompagne au portail et derrière la ferme pour le voir partir. Si je pouvais lui demander, je serais soulagé d'avoir une réponse définitive. Depuis que cette chipie de Maryse est venue, je m'interroge souvent sur le fait que le ventre de maman doit redevenir normal à partir du moment où elle a acheté le petit frère. Je vais être obligé d'attendre je ne sais combien de temps pour savoir.

Je pourrai peut-être demander à Mélie, mais maintenant qu'elle est grande, ça va devenir de plus en plus difficile.

XVII

Mélie, Emma : la rupture

JE N'AI PAS UNE IDÉE très nette du temps et en particulier de celui que j'ai déjà passé ici. Quand j'essaie de faire le compte, je pars de fin juin à peu près. Je me souviens que l'école n'était pas encore finie quand nous sommes montés, Marcel et moi.

Ah ! Marcel, s'il me voyait maintenant, il aurait du mal à me commander. Je suis devenu un vrai paysan : le barrage, Campette, les foins, Matthieu, la vipère et tout ce que j'oublie, la batteuse bien sûr et Claude, et la culotte de laine de Maryse. Au moins, à lui, je pourrais raconter mes déboires avec elle. Je sais qu'on est en septembre depuis que j'ai regardé, l'autre jour, sur le calendrier pendu dans l'encadrement de la fenêtre. Ça m'a marqué parce que, juste après moi, et pendant que je faisais des comptes sur mes doigts, Emma est arrivée le sourcil froncé. Elle aussi est allée jusqu'au calendrier qu'elle a regardé très attentivement pendant qu'elle faisait des comptes sur ses doigts, comme moi. Elle a marmonné quelque chose :

« Ça fait plus de deux mois… »

Enfin, c'est ce que j'ai cru comprendre et j'ai pensé qu'il valait mieux que je n'aie rien à me reprocher parce qu'elle avait sa tête des mauvais jours, avec plein d'eau du barrage dans les yeux.

Elle est sortie de la salle et je l'ai entendue farfouiller dans l'armoire de la chambre. Quand elle est revenue, sa colère rentrée ne l'avait pas quittée. J'ai préféré m'éclipser pour aller à la grange. Mais le soir, Mélie et moi n'avons pas échangé un mot ; par contre, je l'ai entendue, elle a pleuré tout doucement, mais longtemps…

Donc, il ne me reste plus très longtemps avant d'aller à ma nouvelle école, aux Lagiers. J'ai de l'appréhension bien sûr, mais d'un autre côté, ça me changera. Claude, qui ne connaît que celle-là, m'a assuré qu'on allait bien s'amuser. Mlle Giroud fait la classe et elle est un peu sourde, paraît-il, mais gentille. Et puis, il y a les filles. En parlant de filles, le lendemain du calendrier, je me suis quand même hasardé à demander à Mélie pourquoi elle pleurait encore. La réponse que je connais bien est arrivée :

« T'en fais pas va, mon petitou, c'est des histoires de grands. Ça va passer, dors. »

Mais ça ne passe pas vite, parce qu'elle pleure souvent le soir, Mélie. Je pense que c'est aussi pour cette raison que je serai content dans ma nouvelle école. Sauf le soir, bien sûr, quand il n'y aura plus classe et que je me retournerai sur mes feuilles qui sentent l'automne comme avant et que Mélie ne dormira pas tranquillement.

Je n'ose pas trop me l'avouer mais il y a une autre raison pour laquelle la rentrée ne me fait pas trop peur, au contraire. Je ne sais pas ce que j'ai bien pu faire à Emma, mais pendant les repas, certains jours, elle fait des remarques à Mélie du genre :

« Allez, tu peux manger, hein ! »

Ou encore :

« Garder les vaches, c'est bien pratique… »

Et je me fais tout petit parce que son regard gris-bleu nous enveloppe, Mélie et moi, dans une même réprobation. Qui a bien pu lui dire que je descendais au barrage ? Mystère. Quand elle va un peu trop loin, il arrive, mais rarement, que Juste intervienne. Il constate simplement :

« Emma ! »

Alors elle retourne à son fourneau en faisant :

« Psssh ! »

Et Mélie devient toute pâle. Juste est comme papa. On sent qu'il pourrait dire des choses qui ne fâchent pas ou même gentilles. Mais il ne le fait jamais.

Avec Emma, on n'en sait pas plus qu'avec Juste, mais elle, c'est pour les choses désagréables. Quand je trouvais que maman nous grondait un peu trop, je crois que je me trompais. Au moins, on sait à quoi s'en tenir. Alors, finalement, si elle ne sait pas que je descendais au barrage, qu'est-ce qu'elle peut bien me reprocher ? Surtout que, depuis le jour du calendrier, Mélie ne vient plus en champ. Tout seul, il n'est pas question que je fasse un écart.

Je viens aussi de m'apercevoir que nous cinq, ce n'est plus tout à fait comme avant. Il y a eu les foins, la moisson et la batteuse. On travaillait tous ensemble. Mais maintenant que ces gros travaux sont finis, on est chacun dans son coin. On est moins fatigués mais c'était quand même bien agréable une partie de rigolade, même rare ! Papa ne va pas remonter au moins avant novembre, c'est dans longtemps. Il ne faut pas trop que je calcule sinon je suis capable de pleurer un petit coup.

Pendant que j'y pense, peut-être qu'on est tous un peu perdus parce que les jours sont plus courts. Ça me frappe, tout à coup. Les vaches sont en champ le matin et l'après-midi. Elles ne risquent pas de prendre la mouche ! Souvent, je garde dans le grand pré, devant le portail. Il y a longtemps que le regain est fini. Parfois, je tombe sur une des marques de genêts qui servaient de limite. Elle est toute grise et fanée et elle pend tristement, à moitié arrachée.

Il m'arrive de m'installer sous le cerisier, là où papa faisait sa pranière. Mirette se régale en courses éperdues pour aller rectifier la conduite d'une récalcitrante à cent ou cinquante mètres, encore que le risque ne soit pas grand : toutes les récoltes ont été faites, il ne reste plus que les pommes de terre que Juste et Maïu sont en train d'arracher au bigot. Il paraît « qu'elles ont bien fait » cette année parce que ça a mouillé quand il fallait et qu'il n'y a pas eu trop de doryphores.

Donc, les vaches restent sagement au pré où elles constatent que c'est là, finalement, qu'elles sont le mieux. J'en profite pour aller faire, quand c'est le jour, un petit tour à la chaudière. Avec Maïu, au moins, soir ou matin, chaud ou froid, on se sent toujours bien pour pousser une petite chanson et manger une patate éclatée. Peut-être, si je dormais avec lui, je pourrais avoir des confidences. Ce ne serait pas les mêmes qu'avec Mélie, mais ce serait peut-être plus rigolo.

Enfin, je n'en suis finalement pas si sûr que ça : Maïu est encore moins bavard que Juste ou Emma. Son gros avantage, c'est qu'il ne fait jamais de reproche à personne. Non, c'est avec Mélie que je dors le mieux puisqu'on a les mêmes soucis et que c'est la seule qui m'appelle son petitou.

Il va bientôt être l'heure de rentrer les vaches. Je suppose que, comme presque tous les soirs maintenant, Emma va prendre le gros livre de la fenêtre, quand la traite sera finie, avant la prière du soir et l'heure du coucher. Juste fera, comme chaque fois, une remarque caustique, mais il restera sagement à écouter. Maïu arrêtera de siffler, sauf dans sa tête, et Mélie ne laissera rien paraître sur son visage. Même ses yeux noirs ne diront rien parce qu'elle abaissera ses paupières parcourues d'un fin réseau bleu.

Emma chaussera les lunettes de la famille, un peu en avant, sur son nez, et elle poursuivra l'histoire de trois petits bergers qui ont vu une grande belle dame qui leur dit un tas de choses que je ne comprends pas. Eux, est-ce qu'ils comprennent ? Après tout, ce sont des bergers comme moi, sauf qu'ils gardent des moutons.

Est-ce que je saurai garder des moutons ? Je crois qu'il y en a bien plus que des vaches. De temps en temps, Emma me regardera. J'espère qu'elle n'attend pas que je lui dise que, moi aussi, j'en ai vu une de belle dame. Ici, il n'y en a pas, surtout depuis que je garde souvent dans le grand pré, avec Juste et Maïu qui arrachent les pommes de terre, en dessus du chemin, sous la croupe boisée.

XVIII

L'école de Mlle Giroud

DEPUIS QUE J'AI COMMENCÉ L'ÉCOLE, je ne garde les vaches que le jeudi et le dimanche après-midi. Comme aujourd'hui on est jeudi, je garde, bien sûr. C'est le deuxième ou troisième, je ne sais pas, ce sont des choses que je ne compte pas. Même s'il faut aller en champ, j'aime le jeudi, mais j'aime l'école aussi.

Celle des Lagiers, ce que j'ai pu la trouver drôle, au début. J'avais l'habitude de celle d'en bas, avec six ou sept classes toutes pareilles de chaque côté du couloir, séparées par des galandages légers, ce qui faisait qu'on entendait la voix du maître d'à côté, surtout quand il se mettait en colère.

On avait une cour immense, plantée d'une rangée de platanes, et un préau avec des murs gris contre lesquels pendaient des échasses pour la récréation. Autour de tout ça, courait un grand mur qui nous séparait de l'extérieur, avec une seule porte où nous passions en nous bousculant, surtout au moment de la sortie... Il y avait bien aussi un grand portail qui donnait sur la rue, mais je ne l'ai jamais vu ouvert.

Ici, rien de tout ça. D'abord, il n'y a pas de cour, mais un petit pré à peu près carré. Un des côtés est fermé par le mur aveugle d'une ferme ; sur l'autre côté, un petit préau, qui me rappelle le hangar, s'adosse au mur, aveugle lui aussi, d'une maison. En face de l'école, au midi, juste séparé du petit pré qui sert de cour par une légère barrière de bois, s'étend le jardin de Mlle Giroud.

Sous le préau, il n'y a pas d'échasses mais, suspendus au mur, une bêche, un râteau, une fourche et deux ou trois autres outils. Claude m'a expliqué, et je verrai ça à partir de l'année prochaine, que Mlle Giroud nous fait participer au jardinage, ce qui donne lieu à quelques bonnes parties de rire.

Pour le moment, le jardin paraît tout désolé avec simplement quelques poireaux qui pointent leurs lances bleuâtres, deux ou trois salades « qui ont monté » et une touffe de persil au bord de l'allée minuscule. Au-delà du jardin commence la campagne et, au loin, la croupe boisée que nous traversons pour aller à la messe.

Ça n'est déjà pas ordinaire d'avoir découvert une école comme ça, mais ce que je préfère, c'est la salle de classe… parce qu'il n'y en a qu'une ! On se partage les quinze pupitres entre les dix que nous sommes, avec, quand même, une séparation fictive : les filles d'un côté, elles sont quatre dont Rose, et les garçons de l'autre.

Mlle Giroud trône sur une estrade à peine surélevée, équipée d'une simple table de bois. Derrière elle, un tableau noir avec ses craies et un chiffon qui souffle une poussière blanche faisant parfois tousser ceux du premier rang. Au-dessus du tableau, un crucifix surveille toutes les classes depuis des années.

J'ai retrouvé un point d'ancrage par rapport à mon ancienne école : de chaque côté de la classe est accrochée une carte, la France et ses départements à droite, l'Afrique et ses colonies à gauche. Enfin, le fond de la classe héberge un poêle à bois qui repose sur une tôle de fer clouée au plancher. Un bûcher, plein, occupe un des coins, avec son couvercle qu'on soulève comme celui d'un pupitre.

Le premier jour, on m'a regardé un peu de travers : j'étais quand même un gaga. Ça n'a pas duré, d'abord parce que mon copain Claude a donné les explications nécessaires sur mon savoir-faire en matière de garde. Ensuite, j'ai réussi à glisser que j'avais, quand même, tué une vipère. J'avais un petit fond de remords en me vantant de cet exploit, mais un regard admiratif des filles, de Rose en particulier, a assis ma réputation et fait taire mes scrupules.

Enfin, le gaga les a épatées quand Mlle Giroud a demandé qui savait une récitation par cœur. J'ai hésité, il n'y avait qu'un seul doigt levé : une fille qui s'en est bien sortie avec *Lorsque l'enfant paraît...*

J'ai récité sans presque buter sur aucun mot *Le Laboureur et ses enfants.* Je l'aime tellement que je me la récite, parfois, pour moi tout seul. En plus, maintenant, je le connais celui qui est dans la poésie : il n'y a aucun doute, c'est Juste, sauf que lui n'est pas près de mourir.

Mais tout ça est déjà du passé ! Les clans se sont constitués, avec ceux du village qui se voyaient avant, Rose et son amie du Vollest qui ne se quittent pas, et Claude et moi. Je m'accroche un peu à lui et il n'a pas l'air de s'en plaindre. Reste le Zef, tout seul. C'est un grand garçon, fort comme un bœuf. Il ne vient pas toujours à l'école. D'abord, il habite loin, dans une ferme isolée du côté de Chavaneau. Et surtout, Claude m'a dit que ses parents ne voyaient pas trop l'utilité de l'école alors qu'il y a des récoltes à rentrer ou du bois à faire.

Le Zef arrive par le même chemin que moi, quand j'ai dépassé l'épaulement. S'il me voit devant lui, il se dépêche de me rejoindre et, sinon, il attend à l'épaulement et fait des moulinets, avec ses grands bras qui l'embarrassent un peu, pour me signaler qu'il est là. Chavaneau se trouve dans le milieu du creux qui descend au barrage vers l'anse aux grenouilles et à la couleuvre. On chemine tranquillement jusqu'aux Lagiers, presque sans rien dire. Le Zef n'est pas bavard et quand j'essaie d'entamer la conversation, il émet simplement des « Mmmmm ! » ou des « Pas sûr ! ».

J'ai constaté qu'il sait à peine lire et écrire mais il m'épate en calcul. Finalement, il s'est joint à Claude et moi mais n'intervient jamais dans les décisions : il se contente de suivre et j'ai la sensation qu'on pourrait lui demander d'aller nous chercher de l'eau dans un panier et qu'il irait.

Je ne sais pas si je ferai beaucoup de progrès. Le plus petit de la classe, un des Lagiers, a sept ans ; le Zef en a au moins treize. Mlle Giroud s'efforce de nous faire avancer, tous en même temps, mais ce n'est pas facile. En tous cas, je ferai au moins des progrès en géographie. J'ai beaucoup de temps pour regarder la carte de la France et de ses départements.

Bien sûr, je sais déjà où sont la Loire et Saint-Étienne, et l'Ardèche aussi, parce que c'est là que maman est née et aussi la Haute-Loire avec le Puy où se trouve une formidable statue. Il paraît qu'on peut lui monter sur la tête : j'aimerais bien voir ça.

Claude m'a fait saliver en m'annonçant, qu'au printemps, on aurait sûrement une leçon sur la façon de ne pas manger l'hostie avec ses dents pour la communion privée. Normalement, j'aurais dû la faire déjà, mais, avec la guerre et tout le reste, on a repoussé, repoussé… Donc, on apprend à tirer la langue et surtout à ne pas toucher avec ses doigts, et, enfin, à avaler sans mâcher. Voilà quelque chose que Juste ne saurait pas faire ! Pour s'exercer, c'est Mlle Giroud qui fait M. le curé : vivement le printemps que je puisse apprendre à communier.

Ce qui fait que j'aime l'école ici, c'est probablement en premier Mlle Giroud. Je ne comprends pas les miracles de Fatima, mais elle, je crois que c'est un miracle. Elle est toute petite, comme une souris grise. C'est d'ailleurs la couleur du tablier qu'elle porte toujours, boutonné jusqu'en haut. Elle laisse dépasser deux petits ronds d'un col blanc, sous son menton. Elle met toujours des bas noirs – je pense à Emma – dans des bottines qui brillent comme des miroirs. Les cheveux doivent être plutôt foncés, mais on n'en voit presque rien puisqu'ils disparaissent sous un foulard bleu qu'elle noue sur la nuque.

Elle porte des lunettes avec des verres qui comportent tellement de cercles de plus en plus petits que ses yeux semblent vous voir de très loin. Cependant, quand elle me regarde, je suis obligé de faire ce qu'elle dit alors qu'elle n'a même pas élevé sa petite voix de flûte.

Et pour les autres, ça doit être pareil ; point n'est besoin de crier pour arrêter la récréation : elle arrive sur le pas de la porte de la classe, tout le monde se tait et entre pour se mettre sagement à sa place. En plus, quand elle montre quelque chose à quelqu'un dans un livre posé, là, sur le pupitre, elle indique du doigt et on voit sa main, avec des ongles coupés court, propres comme je n'ai jamais vu, et des veines bleues qui courent sous la peau blanche ; je cache mes mains sous le pupitre.

Je n'en ai pas reparlé à Claude, mais quand je me souviens qu'il l'a qualifiée de gourde et que je le vois, tel un toutou, à l'image de tous les autres garçons, même Vincent, le chef du clan des Lagiers, ça m'amuse. Comment va-t-elle pouvoir faire M. le curé, lui qui est si gros et tout rouge ? Je ne connais pas l'âge de Mlle Giroud, mais franchement, ça n'a aucune importance et personne n'en parle jamais.

On sort de l'école vers 4 heures. Je descends toujours le chemin avec Zef, Claude, Rose et son amie. À deux cents mètres du village, les filles et Claude prennent une *coursière* sur la gauche. Rose va jusqu'au Vollest avec Annie ; Claude, lui, s'arrête avant, à la ferme de ses parents cachée derrière un bouquet de frênes et de sureaux. Le Zef et moi continuons jusqu'à l'épaulement où nous nous séparons. Je vois sa grande carcasse qui disparaît dans les genêts après m'avoir lancé un « Pas sûr ! » quand je lui ai dit au revoir.

C'est encore une des choses que j'apprécie depuis que je vais à cette école : la sortie est des plus tranquilles, alors qu'en bas, j'avais toujours un peu d'appréhension. Marcel cultivait un ennemi intime et ils se retrouvaient tous les jours à la sortie pour s'insulter et se bousculer pendant que je me faisais du souci jusqu'à ce qu'on parte chacun de notre côté sur un menaçant :

« On se retrouvera, c'est sûr ! »

Il faut ajouter que ce garçon allait à la communale et nous au Sacré-Cœur et maman nous avait bien recommandé d'éviter « ceux de l'école laïque ».

Hier, pourtant, il s'est produit quelque chose de tout à fait inhabituel. Quand je suis arrivé à l'épaulement et alors que j'allais dire au revoir au Zef jusqu'à vendredi, on a tout à coup entendu, là-bas, tout au fond, bien après le barrage, des coups de tonnerre assourdis qui roulaient sous le ciel tout bleu.

J'ai vu Emma, Juste et Mélie venir au portail, puis Maïu est arrivé aussi. Les roulements ont bien duré une minute, puis ont recommencé peu après, pendant encore une minute. Je suis descendu à la ferme et je les ai entendus, Juste en particulier :

« C'est bizarre ça ! Ça peut pas être le tonnerre. »

Lui qui ne s'affole jamais est parti sans rien dire jusqu'à l'épaulement. Maïu et moi, nous l'avons suivi. Juste s'est assis sur le talus, tourné vers les monts d'Auvergne qui commençaient à bleuir sous le soleil descendant. Il ne disait rien, mais ses yeux ne quittaient pas la crête de la montagne dont la pente de fougères descend vers le barrage et la maison de Campette.

Je savais que cette montagne nous séparait de la maison où j'habite avec mon autre famille, la vraie. On est restés là, sans aucune parole échangée, pendant au moins une demi-heure. Juste avait le visage grave, qui lui figeait les traits et enfonçait les yeux noirs dans leurs orbites, et je sentais qu'il avait dû se passer des choses que lui comprenait et pas nous. Soudain, il a seulement murmuré :

« Et voilà ! »

Au-dessus de la crête, un nuage noir a commencé à monter, qui s'élevait haut, très haut dans le ciel, porté par une colonne de fumée. Une petite voix s'est mise à me souffler des choses indistinctes mais qui sentaient l'appréhension.

Quand nous sommes redescendus, il y a eu très peu de commentaires, mais Juste a glissé à Emma :

« Ils ont dû bombarder l'usine, en bas. Elle travaille pour les Allemands. Y faudra aller voir demain. »

Et ce matin, Emma s'est habillée comme pour aller à la messe et elle est descendue, en passant derrière *Chez Charrat* comme on fait tous quand on va en bas.

Depuis, la journée se traîne, même si Mélie a parfaitement remplacé Emma à la cuisine. Son ragoût était très bon, bien que différent de celui qu'on a l'habitude de manger. J'ai senti Juste soucieux et il me regardait parfois d'une drôle de façon.

Enfin, il est l'heure de rentrer les vaches et Maïu me donne un coup de main pendant que Mélie prépare le souper. Emma n'est toujours pas remontée. Juste jette de fréquents coups d'œil à la pendule, assis à sa place, sur le banc, bien avant le moment où il le fait d'habitude.

Tant pis ; la soupe est cuite, donc on commence à manger alors qu'il faut allumer parce qu'il fait vraiment trop sombre… Tout doucement, Juste suspend le geste qui portait la cuillère à sa bouche. Son visage se détend un peu et on entend un pas lourd, dans la cour, devant la fenêtre.

Emma pousse la porte et entre. Elle ne dit rien. Elle a son grand sac noir à la main, qu'elle pose devant la pendule, puis elle s'assoit à sa place, ce qu'elle fait si rarement. Son visage apparaît comme ravagé, sous la lampe. Elle ne pense même pas à ôter sa veste noire, ni son chapeau légèrement de travers sur sa tête.

Je surprends un très léger mouvement du menton dans ma direction pendant qu'elle fixe Juste, puis elle fait non de la tête. Juste paraît soulagé vers les mains et les épaules. Maïu regarde sa mère comme s'il la voyait pour la première fois et Mélie aussi regarde Emma, sans oser croire ce qu'elle voit. Juste rompt le silence : « Alors ? »

Alors, il se produit un phénomène que je ne peux que comparer à ce que j'ai vu quand Juste a vidé la boutasse : d'abord une petite ride, puis l'entonnoir, puis le bouillonnement où tout se mêle en tourbillons avec des éclairs qui apparaissent tandis que le flot emporte tout ce qui était caché dans la profondeur.

« Oui, ils ont bombardé l'usine en bas… C'est les Anglais… en plein jour… l'usine… au milieu des maisons… et les gens qui sortent du travail et les bombes qui tombent, partout… et les éclats dans les murs des maisons… et les avions qui reviennent une deuxième fois… et le feu… et les gens qui sont tués dans leur jardin à la limite de la campagne, heureusement y a pas de tram à ce moment-là… et… et… »

Emma a posé les mains entre ses genoux, elle recommence, deux fois, trois fois, dix fois, dans le désordre, avec les mêmes mots et les mêmes images.

Nous la regardons, tous les quatre, alors que la soupe a refroidi depuis longtemps, dans les bols. Personne n'a envie de l'interrompre, sentant bien qu'elle se raconte à elle-même bien plus qu'elle ne raconte à ceux qui sont là. Je ne sais pas combien de temps ça dure ; puis petit à petit, le flot tarit et il ne reste presque plus rien, que des larmes qui coulent, oui, des larmes, sur les joues d'Emma.

Longtemps après, elle mange un peu de soupe que Mélie a fait réchauffer. Puis on va traire, et on fait la prière, avant d'aller au lit sans qu'aucune parole ne soit plus échangée.

XIX

De la tristesse de Mélie aux incartades de Juste

Si papa pouvait venir, je lui demanderais de descendre avec lui. Je suis de plus en plus malheureux ici. Il ne me reste plus qu'un refuge, c'est l'école. Là au moins, je peux parler avec Claude et regarder et écouter Mlle Giroud. Il y a Rose aussi. Je crois qu'elle m'aime bien et elle n'est pas chipie comme Maryse. Mais la tristesse, je sais bien qu'elle va durer encore parce que même quand papa viendra, en novembre, je ne pourrai pas lui demander ce dont j'ai tant envie. Je ne me vois pas lui expliquer que c'est la faute d'Emma.

Depuis le bombardement, elle paraît encore plus dure, avec Mélie, avec moi, avec Juste aussi. Maïu s'en sort un peu mieux, en évitant d'être dans la maison, sauf au moment des repas. Mais il ne sifflote plus aussi souvent, et il continue de jeter, à la dérobée, des regards surpris en direction de sa mère.

Mélie ne pleure presque plus. Elle a recommencé à parler toute seule. Je l'ai entendue parce que j'ai du mal à m'endormir. Je n'arrête pas de penser au bombardement. Ainsi, ce que Marcel m'avait décrit est arrivé. Les avions ont réussi à tuer des gens. Quand je pense que ce n'était même pas des avions boches. Les Anglais sont, paraît-il, avec nous et avec les Américains de Roger. Alors, pourquoi sont-ils venus pour envoyer des bombes sur des gens et sur une usine ? Heureusement que notre maison est très loin de toutes les usines.

Est-ce que maman et papa ont eu peur ? Et Marcel, lui qui courrait s'abriter sous une pierre, comment a-t-il réagi ? Je ne peux même pas parler à Mélie des questions que je me pose. Qu'est-ce qu'elle peut bien avoir fait pour qu'Emma nous traite comme ça ?

Elle a changé Mélie, il faut bien le reconnaître. Avant, elle avait un joli teint, un peu rose, aux joues. Ah ! puis tiens ! je me rends compte, aussi, qu'elle ne fait plus ses jolis rouleaux sur les oreilles. Maintenant, deux tresses se rejoignent tristement sur le haut de sa tête. Ça accuse son teint plus pâle.

À bien y regarder, il m'a semblé qu'elle était un peu plus ronde qu'avant. La démarche n'est plus aussi légère. Parfois, elle me fait penser à maman. C'est une idée, imprécise, qui se balade dans ma tête, et que je regarde, un petit peu comme ci, un petit peu comme ça. Quand elle m'importune trop, je la rejette en essayant de penser à autre chose.

Elle me surprend, en douce, sans que je m'en sois rendu compte. Chaque fois que ça tourne dans ma tête, ces idées bizarres qu'on ne peut pas arrêter, qui vont, qui viennent, se déforment, je repense à ma dent. Je l'ai tâtée, poussée, tirée à tous petits coups avec la langue, chaque fois un peu plus fort, jusqu'à ce que ça fasse un peu mal ; alors je l'ai laissée tranquille. Puis, c'est revenu, plusieurs fois, et il a fallu que cette brute de Bordau fasse son malin avec la porte. Je suis bien obligé de convenir qu'elle devait tomber, de toute façon. Est-ce que ça a fait mal ? Non ! Bien moins que l'appréhension que j'en avais.

Il n'empêche qu'à la prochaine, et je sais qu'il en reste encore, ça risque de recommencer… à moins que je n'attende pas Bordau, cette fois-ci. Mais, qu'est-ce que ç'a à voir dans le fait que Mélie me rappelle maman ? Ah ! oui, elle n'est plus aussi coquette, elle s'arrondit et elle a de petits cernes sous les yeux. Là, ça devient vraiment embêtant parce que je ne sais pas où il va falloir aller… Qu'est-ce qu'elle disait Maryse déjà ?

J'ai chaud à la tête, tout à coup, mais c'est trop tard… Comme si je ne le savais pas ce qu'a dit Maryse. À y penser maintenant, j'ai bien moins mal qu'avant, comme pour ma dent…

Alors, c'est possible ça, que Mélie, aussi… Je n'ai pas du tout mal d'imaginer que, peut-être, elle va acheter un petit frère ou une petite sœur. Le seul mystère, enfin, les seuls, parce qu'il y en a plusieurs, c'est comment elle a fait. Est-ce que c'est ce qui rend Emma si dure avec elle ? Et moi, je n'ai rien à voir là-dedans, ni Juste, je suppose. Le doute n'est plus permis, même si Mélie ne me parle plus beaucoup maintenant, et même si elle doit pleurer un peu, il faut que je sache. Quand elle va venir, tout à l'heure, je vais faire comme avec la porte. V'lan ! Pourvu que la dent ne traîne pas trop et qu'elle s'enlève d'un seul coup.

En attendant, qu'est-ce qu'il fabrique Juste ? Il est parti, en début d'après-midi. Il a lié la Rouge et Lionne, puis attelé le petit tombereau. Avec Maïu, ils ont descendu des sacs de grains par l'escalier en les faisant glisser, tout doucement, sur une planche, et ils les ont mis dans le tombereau. J'ai compris que Juste devait aller au moulin. C'est lui qui m'a emmené à l'école, après le repas. J'étais content, je n'avais pas à marcher, bien installé au milieu des sacs.

Normalement, ça n'aurait pas dû lui prendre plus de quatre ou cinq heures. Or Emma et Maïu ont déjà fait la traite, et Emma a expédié la prière pour m'envoyer au lit. Elle n'avait pas l'air inquiet, plutôt courroucé. Il est vrai que ça lui arrive tellement souvent maintenant.

J'entends les roues du tombereau qui entre dans la cour avec des tintements de fer sur les cailloux. L'attelage s'est arrêté sous la fenêtre. J'écoute, tout étonné, mais il n'y a plus aucun bruit. Qu'est-ce qu'il peut bien faire, Juste, à attendre comme ça, dehors, et pourquoi surtout… ?

Je me lève et je vais à la fenêtre. Le froid me prend les jambes cependant que je regarde les vaches qui ne bougent pas ; le tombereau m'est caché. Ah ! voilà Emma qui sort et disparaît à l'arrière de l'attelage. Ma fenêtre est fermée mais l'appel est bien perceptible :

« Mon Dieu ! Maïu, Mélie ! »

Le bruit de leurs sabots traverse le couloir et résonne dans la cour. J'ai des frissons tout d'un coup.

Ils sont maintenant, tous les trois, derrière le tombereau. Je suis transi, rivé à ma fenêtre, les pieds nus sur le sol froid, mais je veux voir et surtout savoir.

Voilà, ils réapparaissent ; Maïu et Emma soutiennent Juste, chacun par une épaule. Ils avancent, en hésitant, dans la faible lumière qui tombe de la fenêtre de la salle, suivis de Mélie, les bras ballants. Puis ils s'engagent dans l'entrée.

Vite, je me précipite pour coller mon oreille contre la porte de la chambre. Les glissements syncopés de leurs pas sont entrecoupés de pauses et je suis sûr d'entendre la voix de Juste, hésitante, toute changée, avec une intonation amère de moquerie :

« J'suis qu'un mécréant, hein Emma ? »

Ça revient plusieurs fois, comme une rengaine. Il n'y a pas de réponse.

Qu'est-ce que ça peut bien vouloir dire ?... Ça y est, ils ont réussi à lui faire franchir la porte de la salle qui se referme. On ne perçoit plus que des paroles étouffées et des bruits indistincts. Je me recouche en me pelotonnant dans le noir. Longtemps après, Mélie vient se coucher aussi :

« Dis, Mélie, qu'est-ce qu'il a Juste ? »

Et là, je n'en reviens pas ; Mélie a une voix toute guillerette pour me répondre :

« C'est pas grave, va, c'est pas grave ! Dors, mon petitou ! »

Il faut bien que je remette mes questions à plus tard.

XX

La mort de Matthieu

Jusqu'à aujourd'hui, je m'étais surtout aperçu que les jours étaient devenus très courts, avec cette conséquence qu'il faut passer beaucoup de temps dans la salle. Emma, un soir, a interrompu ma rêverie d'un brusque :

« Oisiveté est mère de tous les vices ! »

Et elle m'a tendu un livre tellement abîmé qu'on pouvait à peine lire ce qui était écrit sur la couverture. J'ai dû murmurer un merci pitoyable tellement j'étais surpris. Si, en plus d'être dure, elle devient imprévisible…

Toujours est-il que j'ai commencé à lire. Ce livre est devenu une oasis dans mon désert. Deux enfants, le frère et la sœur, vivent une année chez des amis de leurs parents, à la campagne. Je pense que c'est plutôt un conte. Des histoires comme ça n'existent que dans les livres : les enfants passent leur temps à jouer au croquet, à aller aux champignons et à courir avec les animaux.

En tout cas, quand je suis là-dedans, j'oublie qu'il fait froid maintenant. Le matin, je pars à l'école avec ma pèlerine et j'ai remis mes galoches qui montent plus haut sur les chevilles. Le soir, au moment d'aller se coucher, Emma fait chauffer des briques dans le four, puis en entoure une dans un vieux torchon et je me glisse dans mon lit avec ma brique vers les pieds… On a rajouté un édredon ventru, rouge et jaune, sur la couverture. Tant qu'on ne se lève pas ça va, mais il ne faut surtout pas laisser bâiller le drap et la couverture…

Ça ne facilite pas les confidences avec Mélie qui se calfeutre, elle aussi, dans son petit lit. Tout ce que j'ai pu en tirer, sur des points qui me préoccupent, c'est d'abord :

« Roger ? C'est qui ça, Roger ? »

C'était dit sans colère mais avec beaucoup de lassitude, et j'ai eu mal pour elle parce qu'elle sait bien de qui je veux parler. Surtout qu'après, je l'ai entendue pleurer. J'ai pleuré aussi en me traitant d'imbécile et de méchant. Mais est-ce que je pouvais deviner moi ?

Quant à savoir si elle va acheter un petit frère ou une petite sœur, je suis resté sur ma faim parce qu'elle a dit, tout uniment, mais sans pleurer ensuite :

« Alors toi, comment tu sais ça ? C'est des trucs de grands ça, mon petitou. Dors vite, va, on verra bien. »

Voilà, tout est dit, quand on entend que c'est des trucs de grands ; mais moi, je n'ai pas les réponses que j'attends et pourtant j'ai encore juré que notre secret n'était qu'à nous et que jamais, au grand jamais, je n'irai parler à qui que ce soit de ce que je sais ou de ce que fait ou fera Mélie.

Personne ne me dit rien et cependant je sens bien que Mélie et moi sommes liés. Emma a encore renforcé ma certitude. Depuis plusieurs dimanches, nous n'allons plus à la messe à Saint-Genest mais à Saint-Romain. Ce n'est pas plus loin, mais malgré tout, j'ai bien ressenti ce changement comme une brimade. Elle l'a annoncé, sans explication, un samedi, quand elle a décidé qui irait à telle messe et à telle heure.

Juste, qu'on n'entend pratiquement plus depuis le soir du moulin, a levé la tête et questionné, sans attendre de réponse :

« Le bon Dieu, c'est pas le même à Saint-Romain ? »

Je n'ai pas compris pourquoi il a ajouté, sans avoir l'air de rien, qu'on ne connaît personne par là. Qu'est-ce que ça peut bien faire puisqu'on ne prend jamais la peine de s'arrêter pour discuter ?

Dans ce nouveau parcours, il y avait quand même, à mes yeux, un avantage. On descend presque jusqu'au barrage, avant de remonter un peu, à travers les champs de fougères, jusqu'à notre nouvelle église. Un dimanche qu'il ne faisait pas trop froid, j'ai entraîné Mélie jusqu'à la Pierre au mercier. On se donne la main, de temps en temps, et il me semble qu'elle aime ça.

Elle savait que cette pierre existait, mais j'étais très fier de lui apprendre quelque chose. Je lui ai raconté l'histoire du pauvre Mercier. Elle a écouté, sans m'interrompre, puis s'est avancée jusqu'au bord de la pierre, là où on voit les yeux d'Emma. Elle me faisait de la peine avec sa silhouette, tout en noir depuis qu'Emma lui a interdit de mettre des corsages blancs, sa jolie veste et le foulard que maman lui a donné. Elle s'est un peu penchée et, avec une voix bizarre, elle a commenté, pour elle :

« Des malandrins, y en a plus. Il faut se débrouiller tout seul maintenant ! »

Elle m'a effrayé avec sa façon de regarder l'eau ; j'ai repris sa main et, vite, on est remontés. Je ferai attention, désormais, aux histoires que je raconterai.

Le froid, on vit dedans, enfin certains y vivent. Aujourd'hui, je ne sais pas ce que va en penser Matthieu. Le pauvre, c'est son dernier jour. Depuis une heure, je suis dans la cour à tourner la manivelle de la meule. Je change de main, souvent, pour en avoir toujours une au chaud, dans la poche.

Juste aiguise des couteaux. Qu'est-ce que ça peut briller, un couteau bien aiguisé ! C'est pointu, avec un petit air méchant et sournois, bien posé, là, sur une planche. Je ne lui ai pas donné le mien : il est tout petit, vert, avec une lame un peu rouillée.

Papa et Bordau sont encore dans la salle mais ils ne vont pas tarder à sortir. J'ai de bonnes nouvelles de la maison, heureusement. Maman m'a tricoté un bon cache-nez dans la laine d'un pull-over qu'elle ne met plus. Avec ça sous ma pèlerine, j'aurai bien chaud pour aller à l'école. Et les chaussettes, c'est vrai qu'il y a aussi les chaussettes assorties. Elles montent jusqu'aux genoux et maman a mis un élastique dans un ourlet pour qu'elles ne tombent pas.

Bien entendu, j'ai voulu les essayer tout de suite malgré le regard noir d'Emma quand j'ai enlevé celles qu'elle m'avait faites, dans de la laine qu'elle file elle-même, noire et marron, avec des petites boules qui entrent dans la plante des pieds.

En plus des couteaux, il y a eu d'autres préparatifs qui ne me disent rien de bon. Dans la salle, Emma et Mélie ont lavé des jarres, des plats, des casseroles. Juste a descendu du charnier une petite machine bizarre avec une ouverture en entonnoir et une manivelle sur le côté. Il l'a installée sur un tréteau, dans la chambre.

Dans la cour, Maïu a amené une demi-botte de paille qu'il a posée à côté de cet appareil qui paraît inoffensif et qui me met tellement mal à l'aise… Il dormait, sous le hangar, bien caché, tellement bien même que je ne l'avais pas remarqué. Il ressemble à un cadre de lit, avec quatre pieds, deux longerons terminés chacun par une poignée à chaque extrémité, et des traverses. Il est tout en bois et Maïu a appelé ça « un brancard ». Donc, c'est comme celui de Juste, là-haut dans le Nord, pour ramener ses blessés. Maïu a aussi posé trois ou quatre cordelettes, lovées négligemment, au milieu des traverses.

Depuis un moment, je sens que j'ai mal au ventre. Je m'invente un tas de choses à penser ou à faire mais je ne m'accroche à rien : si, au moins, j'étais allé à l'école. En même temps, j'ai soif de voir ce qui va se passer et j'ai un peu honte, comme pour la vipère.

Ça y est ! Papa, Juste et Bordau sortent de la salle et s'approchent de l'enclos de Matthieu. Je ne veux pas écouter ce qu'ils disent, mais je les vois, de loin, discuter et opiner de la tête. Maïu apporte les cordelettes et entre dans l'enclos. Quand il en ressort, en poussant gentiment Matthieu devant lui, on voit qu'il lui a passé, en lasso, une des cordelettes autour de la mâchoire supérieure et les autres autour des pattes. Le cochon sort, tranquillement. Il a l'air tout étonné de ce qui lui arrive et pousse de petits grognements.

Chacun des hommes prend une cordelette, sans tirer toutefois, pour ne pas effrayer Matthieu et, tous les quatre, ils le guident vers le brancard. Lui, renâcle un peu, sans plus. Et hop ! d'un seul mouvement, ils l'ont saisi et fait basculer sur le brancard, les pattes gigotant sur le côté. Il a beau être fort et crier de toute sa voix, il est déjà attaché aux longerons pendant que les quatre hommes soufflent un peu... Matthieu aussi souffle, sans comprendre ce qui lui est arrivé. Il me regarde, de son petit œil : je n'avais pas remarqué qu'il a de grands cils, blonds comme la paille.

Mes jambes flageolent un peu : j'ai dû faire un énorme effort pour m'avancer. Juste apporte un couteau, le plus grand, le plus pointu aussi, et le tend à papa. Alors... alors... c'est papa qui va... C'est inimaginable !

Et maintenant, voilà Mélie qui sort de la maison ; elle a un seau qui pend à bout de bras, laissant échapper un nuage de vapeur. Elle passe à côté de moi, elle est toute blanche, avec les lèvres qui tremblent et le seau qui lui bat le mollet.

Elle va jusqu'au brancard, pose le seau sous le cou de Matthieu, regarde papa en secouant frénétiquement la tête dans un mouvement qui est un refus. Puis, elle se relève, se sauve à toutes jambes et franchit le portail…

Tous les hommes se regardent…

« Bordau ! quelle mauviette ! »

Il éclate de rire alors que Juste fait un signe à Maïu. Celui-ci vient se poster près du seau dans lequel une grande cuillère en bois baigne dans un peu d'eau chaude.

Papa, très calme, se baisse, choisit un endroit précis sur le large cou et rase une petite surface. Il souffle pour enlever les soies presque blanches qui souillent le couteau. Je me cache les yeux derrière les mains, mais je regarde quand même. J'ai à peine le temps de voir un éclair gris : le couteau est entré et ressort avec un flot rouge, rouge à faire mal, avec des bulles énormes, qui crèvent dans le seau. Et Matthieu qui crie… qui crie… et Maïu, imperturbable, qui tourne, avec sa cuillère, la main tout ensanglantée…

Je ferme les yeux et me bouche les oreilles. Puis, je cours moi aussi, et je vois Mélie. Elle a la tête appuyée au mur, elle pleure, elle vomit, les mains pressées sur les oreilles. Ça ne dure pas très longtemps et c'est pourtant affreusement long.

Et pendant qu'on entend la voix de Matthieu, de plus en plus faible, avec des silences, Mélie hoquète et gémit :

« Pourquoi tu me fais ça, Emma, pourquoi tu me fais ça ? »

Là, j'ai bien entendu, elle a dit : « Emma. » Ce que ça peut faire mal. Je n'ose pas la toucher.

Elle a maintenant les deux mains crispées sur l'estomac et un petit filet de salive qui coule de la bouche. Qu'est-ce que je peux dire… ou faire ?

« Allez va, Mélie, c'est rien, ça va passer… »

Je crois que c'est ce qu'elle m'aurait dit, en ajoutant « mon petitou », mais moi, je ne peux pas lui dire ça. Elle me rend un pauvre sourire :

« Oui, mon petitou, ça va passer ! »

C'est bien, alors, je peux aller dans la cour. Le seau est parti, heureusement. Matthieu n'est plus tout à fait lui : il ne bouge plus, il a les pattes toutes raides. Dans son cou bien épais, bien gras, bâille une grosse entaille d'où suinte un filet rouge et jaune.

Les hommes sont en train de le couvrir de paille, très soigneusement. Je donne un coup de pied à Mirette qui lèche une flaque rougeâtre :

« Alors, toi, avant que tu me lèches la figure… »

Juste sort son briquet en douille et allume la paille qui flambe très vite, avec des mèches noires, toutes légères, qui volent dans l'air glacé de la cour.

Sur la peau de Matthieu éclosent des bulles qui éclatent en grésillant pendant qu'une odeur de chair grillée envahit l'espace.

La paille s'éteint finalement. On retourne Matthieu de l'autre côté et on recommence. Maïu s'est constitué une torche de paille serrée et il brûle les endroits inaccessibles en soulevant les énormes pattes qui ne pourront plus courir. En fait, ce n'est plus Matthieu, c'est un cochon ordinaire, mort, à qui on brûle les soies et qu'on lave ensuite à grand renfort de seaux d'eau et de raclements de couteaux et de briques jusqu'à ce qu'il soit devenu propre et rose. Je me sens presque soulagé.

« Dis, valet, prête-moi ton couteau ! »

Je ne réfléchis même pas que, déjà, le petit couteau vert est dans la grosse main de Bordau. Il a le regard rigolard et rusé que je connais trop. Hop ! En une seconde, il a soulevé la queue du cochon et le couteau a disparu dans le derrière…

« Oh ! Bordau ! T'as vu ça ? Y te l'as avalé, non mais, t'as vu ça ? »

Oui ! oh oui ! J'ai vu ! Je vois que tu n'es qu'une grande brute méchante imbécile et tout ce que je n'arrive même pas à penser !

Je reste là, tout tremblant, tout humilié, au milieu de ces quatre hommes qui me regardent.

Bordau rit à gorge déployée : c'est lui que je vois surtout. Oh ! comme je le déteste !

Juste s'approche de moi et met la main dans sa poche. Il sort son Opinel et me le tend :

« Tiens, mon petit valetou, il est à toi ! »

Il a dit ça de telle façon que je n'hésite même pas. Je prends le couteau et je le serre fort dans ma main, au fond de ma poche.

Juste s'est tourné vers Bordau sans rien dire, son visage est gris. Il ouvre la main, devant lui, bien à plat, la paume vers le ciel. Bordau fait un signe de dénégation de la tête, mais on voit les cordelettes qui se tendent sous la peau du cou de son père.

Alors, Bordau baisse la tête, comme moi quand je suis pris en faute. Il met son couteau dans la main de Juste qui conclut :

« Grand couillon va ! »

Je sens papa qui me soulève dans ses bras, et me murmure à l'oreille :

« Ce qu'il est brave, ce Juste, comme je devrais être ! »

Ça y est, j'ai déjà presque oublié que c'est lui qui a saigné Matthieu. De toute façon, il faut bien qu'il y en ait un, pas vrai ?

XXI

Mélie disparaît…

INSIDIEUSEMENT, le froid s'est glissé partout dans la maison. Il est là le matin déjà, quand on se lève, et même si le fourneau est allumé grâce à Emma qui se réveille toujours la première. Dans le lit, il y a longtemps que la brique est inutile, pliée dans son torchon. Aussitôt que je mets le pied par terre, je me dépêche de m'habiller, puis je gratte le givre qui a recouvert les carreaux et je regarde la nuit, immobile et glacée dehors.

J'avale mon bol de lait et mes tartines, et je me sens un peu mieux. J'enfile mes galoches qui ont chauffé à côté du fourneau et, parce qu'il le faut bien, je prends ma pèlerine et je monte aux Lagiers, à l'école. Emma fait sa recommandation impérative :

« Sois sage, hein ! »

Et Mélie tempère :

« Tu feras bien attention, hein mon petitou ? »

Faire attention à quoi, jusqu'aux Lagiers, il n'y a pas de barrage, il n'y a plus de vipère, plus que du froid et du givre qui a tout poudré et tout figé.

Le Zef ne vient presque jamais, il me manque avec ses « Mmmm » et ses « Pas sûr ». Heureusement qu'il y a Claude et Rose, et surtout Mlle Giroud. Elle est toujours habillée de la même façon. Quand elle sort dans la cour, à la fin de la récréation, elle jette un grand châle gris, avec des franges, sur ses épaules. On ne la voit presque plus là-dessous.

Elle cache ses mains pâles dans des mitaines d'où émergent ses doigts aux ongles bien courts et bien propres. Comment fait-elle ? C'est pourtant ces mains-là qui garnissent le poêle, régulièrement, ce qui fait que la classe reste une espèce d'enclave de chaleur douce.

Quand je ne suis pas à l'école, j'évite la salle où règne Emma, sauf si je me plonge dans la partie de croquet ou le ramassage des champignons avec mes amis inconnus. Je fréquente beaucoup la grange, surtout quand Maïu délivre aux vaches leur ration de foin, par les trappes, derrière la sommérée où il fait si sombre. Maintenant, je n'ai plus peur et je suis capable de passer tout seul, en longeant le mur, sans risquer de tomber. Je me rappelle que Maïu disait que le feu pourrait prendre dans l'énorme masse de foin. Je me demande s'il n'y est pas déjà, tellement on est bien, là-dedans, immergé dans cet océan qui sent encore l'été. Tous les cinq ou six pas, on découvre, au ras du sol, un carré plus clair et, en se penchant, on voit la tête de Lorraine ou de la Rouge, en dessous. Elles ruminent paisiblement en faisant tinter légèrement leur chaîne.

Alors je descends à l'étable vers la Noire. J'ai devant moi tous les arrière-trains, comme à la parade, avec les queues qui fouettent, un peu par habitude, parce qu'il n'y a plus de mouches. Je traverse l'étable et chacune des vaches me suit des yeux, un moment, sans curiosité et sans frayeur.

Je vais jusqu'à Julie et je la caresse, entre les cornes, et elle me pousse, gentiment, à petits coups de tête agacés. Je pense au petit berger qui dormait, dans le petit lit tout éventré. Est-ce que les gens étaient gentils avec lui ? Est-ce qu'il allait à l'école aux Lagiers ? En tout cas, il ne devait jamais avoir froid la nuit. Ça sent la bouse, le fumier, la paille et le foin, très fort, mais au moins, il fait chaud.

Ah ! voilà Maïu ; il détache les bêtes qui sortent, sans hâte, pour aller boire. Leurs sabots dérapent sur les cailloux et la terre gelée devant le bachat. Pendant qu'elles boivent avidement, leurs naseaux soufflent de longs jets de vapeur. Puis elles reviennent, on les attache et l'étable, qui a pris un petit coup de froid, se recompose une bonne atmosphère d'odeurs fortes et de chaleur.

Le soir, après l'immuable lecture dans le livre de Fatima et la prière, on se couche plus tôt qu'avant. Quand arrive Mélie, je fais des efforts de confidences. Je lui raconte de petites choses qui me sont arrivées dans la journée : aujourd'hui, y avait le Zef à l'épaulement ou bien, pauvre, j'ai trouvé un merle tout gelé, les pattes en l'air sur le chemin, ou encore tiens, aujourd'hui, j'ai embrassé Rose sur la joue quand on s'est séparés, à la coursière… Elle m'a dit :

« Eh ben ! tu as mis le temps ! »

Mélie a eu un petit rire, tout triste :

« Ah ! toi alors. Tu commences tôt ! »

Je crois que j'ai encore dit une bêtise au lieu de tourner sept fois ma langue dans ma bouche, comme le répète si souvent Emma. J'ai essayé, mais c'est tellement difficile à faire et surtout de compter en même temps. Je suis obligé de parler un peu fort, sinon Mélie ne comprend pas bien ce que je lui dis, avec nos couvertures et notre édredon ramenés bien au-dessus du visage.

Mélie va de moins en moins bien, surtout depuis que Matthieu est mort. D'abord, il y a eu de la viande partout pendant trois jours, même dans la chambre. L'odeur nous a obsédés et écœurés. Ouf ! aujourd'hui, c'est fini. Ma pauvre Mélie était toute pâle, avec des spasmes de quelqu'un qui va se trouver mal.

Maïu semble ne rien voir et Juste jette, de temps à autre, un regard compréhensif sur sa fille ; mais ça ne va pas plus loin. Il est tout gauche, avec ses mains qui ne savent que tenir une faux, une fourche, son couteau ou sa pipe. Emma est égale à elle-même, comme si elle ne sentait ni le froid de l'hiver, ni l'autre qui nous fige chacun dans notre coin.

Je sens comme une menace diffuse qui plane. Cette nuit, je me suis réveillé. Il m'a semblé que Mélie avait crié. Elle devait rêver, sans doute. Mais ensuite je l'ai entendue parler à nouveau. Elle répétait :

« J'en peux plus, j'en peux plus ! »

Oui, c'est bien ce que j'ai entendu. Je sais qu'Emma doit aller à Saint-Genest ce matin ; Juste et Maïu vont chercher un petit cochon pour remplacer Matthieu. Mélie va rester toute seule et ça, je crois qu'il ne faut pas. Qu'est-ce qui va m'arriver ?

J'ai décidé de ne pas aller à l'école. Je ferai semblant. Du côté de Mlle Giroud, je ne risque rien : elle a l'habitude, il en manque souvent un ou deux. Voilà, je vais me cacher dans la grange ; je pourrai surveiller la porte et la cour.

Emma s'en va la première. Elle a mis une *fricaude*[1] dans son grand sac noir, et une saucisse fraîche. Je pense que c'est pour cette personne inconnue qui lui donne du pain blanc, de temps en temps. Puis Juste et Maïu vont à l'étable pour détacher la Rouge et Lionne. J'en profite :

« Au revoir Mélie, à tout à l'heure !

– Au revoir, mon petitou. Tu feras attention hein ! C'est promis et tu seras sage aussi ! »

Sa voix tremble. Elle m'embrasse très fort, sans doute parce que Emma n'est pas là. Il fait encore sombre dans la cour. Je me précipite dans la grange.

Tant que Juste et Maïu étaient à lier les vaches et à atteler le petit tombereau, j'ai été occupé et attentif à bondir pour me cacher si l'un d'entre eux avait dû venir dans la grange. Mais maintenant qu'ils sont partis, qu'est-ce que je vais devenir ? Il fait jour, je ne peux plus traverser la cour, Mélie pourrait me voir. Je n'avais même pas pensé à ça… Je suis comme un chien attaché à sa laisse. Si je veux savoir ce que fait Mélie, je ne peux quand même pas aller regarder à la fenêtre.

Je me repasse tous les conseils que j'ai entendus, de maman, de papa, de Mélie et d'Emma, même

---

1. Assortiment d'abats frais du porc qui vient d'être tué (foie, poumons, coiffe, boudin, etc), que l'on offrait par amitié.

de Juste, et que, bien entendu, je ne suis presque jamais : j'ai agi sans réfléchir. Le temps passe et je me résigne à ce qu'on découvre que je ne suis pas allé à l'école.

Tiens ! j'entends les sabots de Mélie dans le couloir. Elle sort et ferme la porte. Elle regarde, un long moment, la maison. J'ai envie d'aller vers elle, toute solitaire, avec son fichu noir et ses bras cachés dans un châle tout simple. Tant pis, je serai grondé.

Elle s'en va, sort de la cour. J'attends un peu et je vais au portail en catimini. Ça alors, elle ne monte pas vers l'épaulement ! Mais alors où ?

Je contourne la ferme et j'aperçois sa silhouette qui est déjà derrière *Chez Charrat.* Elle va en bas ? Mais pourquoi ? Je commence à m'affoler. Mais qu'est-ce qu'elle va faire en bas ? Et moi, qu'est-ce que je deviens là-dedans ? Ah oui ! qu'est-ce qu'elle disait, un soir, quand elle parlait toute seule ?

« J'aimerais… »

Et puis aussi :

« Plus tard… »

C'est idiot tout ça… Qu'est-ce que je décide ?

Pendant ce temps, Mélie a disparu. Ce que je suis bête ! Elle a rendez-vous avec Roger ! Non ! ça, c'est pas possible, ils se voyaient à l'épaulement, et puis, avec ce froid… Oh ! ce qu'il fait froid ! Et ce brouillard qui givre en plus…

Il faut que j'aille voir ce qu'elle fait, tant pis... Je ferai attention qu'elle ne me découvre pas. Au fait, elle m'a demandé si des femmes travaillaient à l'usine... Mais elle sait bien qu'elle est cassée l'usine ! Mélie, qu'est-ce que tu fais ? Qu'est-ce que tu me fais ? Ce n'est pas la peine d'aller à l'usine ! Mélie, ils l'ont toute cassée l'usine, avec les bombes !

Il faut que je descende aussi. Comment tout ça va finir, je me le demande. En plus, avec ce brouillard, je ne la vois plus du tout... Qu'est-ce que je dois faire ? Maman !

Et je descends, je descends... C'est sûr, je ne vais pas tarder d'arriver au barrage... Au barrage ?

Vite, il faut que je me dépêche. Voilà la passerelle sur le ruisseau, vite, vite ! La Pierre au mercier est bientôt là... Maman ! Mélie ! Non ! pas comme le Mercier... S'il te plaît, pas comme le Mercier !

Je me précipite sur la Pierre... Il n'y a personne... Je me penche... et je ne vois que les yeux méchants d'Emma, tout gris, qui se diluent dans des moires foncées... et des bulles qui montent lentement et viennent crever à la surface... comme lorsque quelque chose est tombé dans l'eau...

« Des malandrins, y en a plus, faut se débrouiller tout seul, maintenant ! »

Je me rends compte, tout à coup, que je suis à genoux sur la Pierre, penché, au-dessus de l'eau.

Le froid tout autour est dur, coupant. J'ai les genoux ankylosés et je suis tout seul dans cet endroit terrible et Mélie est probablement là-dessous, toute froide, toute blanche, toute silencieuse…

J'ai mal partout, mais surtout là, dans moi…

Alors, je hurle :

« Mélie ! Mélie ! »

Mes cris partent comme des pierres, au-dessus de l'eau immobile et vont se perdre là-bas, vers le mur probablement, là où l'eau est si profonde…

Je ne peux même pas pleurer…

Il ne faut pas rester là, je vais mourir gelé. Je dois remonter. C'est par où déjà ? Ah oui ! ici, à gauche… C'est bien ça… Voilà la passerelle…

Peut-être que je peux l'appeler encore une fois ?

« Mélie ! Mélie ! »

Non, il ne faut plus crier… Campette va entendre ! On a juré. Il n'y a que nous pour savoir. Oh là là ! Je ne sens plus mes pieds. Allez ! Encore un petit effort… Ce n'est pas si loin… Et ce brouillard qui cache tout ! Ah ! voilà ! je suis chez Charrat…

Et maintenant, qu'est-ce que je vais faire ? J'ai juré. Même si Mélie n'est pas là, j'ai juré… Maman me l'avait bien recommandé… de ne pas jurer… et je n'ai pas écouté, comme d'habitude…

Si je passe le portail, on va me voir et qu'est-ce que je dirai ? Voilà, je crois que j'ai trouvé ! Je vais passer par le trou, dans le mur, où passait

Matthieu. C'est à côté de l'étable. Là, il fait chaud… Oui ! j'irai dans l'étable… Bon, ça passe… Je ne vais même pas me salir, le sol est tout dur, tout gelé. Le remplaçant de Matthieu n'est pas là, donc Juste et Maïu ne sont pas rentrés… Ouf ! vite à l'étable, après, on verra…

Oh ! Mélie ! Pourquoi tu as fait ça ? Tu n'avais pas le droit ! Moi, je t'aime !

Bon, je vais me coucher sous la mangeoire de Lorraine… Ah ! il fait meilleur dans la paille… Lorraine, n'aie pas peur ! Ce n'est que moi ! Tu vois bien ! Pourquoi tu t'en vas si vite ? Pourquoi ça tourne comme ça ?…

XXII

Où le petit berger ne peut plus que se taire

« MAIS, QU'EST-CE QUE TU FAIS LÀ, mon valetou ? Mais, pourquoi qu't'es là ? Pa ! Viens vite ! Dépêche-toi ! »

C'est la voix de Maïu. De quoi est-ce qu'il parle ? Oula ! ça pique ! La paille ! Je suis dans la paille ! Oui ! Qu'est-ce que je fais là ? Je vois les jambes de Maïu et la grosse tête de Lorraine. J'entends aussi la voix de Juste :

« Mais, qu'est-ce qu'y fait là ce gamin ? Mon petit valetou, ça va dis, ça va ? »

Maman ! Tout me revient, d'un seul coup… Une énorme pierre qui me tombe dessus… Non ! Non ! Je ne veux pas savoir ! Je ne veux plus savoir ! Je ne dirai rien ! Ce n'est pas la peine de demander, Juste, ce n'est pas la peine… Je sens qu'il m'emporte dans ses bras, très forts, comme ceux de papa. Papa ! Papa, pourquoi tu es descendu tout seul ? Je vois le visage de Juste, un peu par en dessous. Les cordelettes sont apparues, sous la peau du cou, à cause de l'effort qu'il fait pour me porter.

On entre dans la salle. Emma est revenue. Elle paraît un peu en colère, mais un peu perdue aussi.

« Mais enfin, qu'est-ce qui se passe ? Qu'est-ce qu'il a le petit ? Et Mélie, elle est où Mélie ? »

Juste m'a fait asseoir sur la table. Il commence à me frictionner les jambes tout en houspillant Emma…

« Allez, vite, fais du feu… et des briques chaudes hein ! Il est gelé ce gosse ! »

Il a de grosses mains calleuses Juste, ça gratte mais qu'est-ce que ça fait du bien. Il m'interroge encore, gentiment, sans se douter que c'est inutile. Je ne veux pas savoir ce qui s'est passé, je ne veux plus savoir… Je ne dirai rien. D'abord j'ai promis « croix de bois, croix de fer, si je meurs je vais en enfer ! ». Et puis, je n'ai pas envie de dire.

Emma semble avoir retrouvé un peu d'aplomb, mais elle a son visage des mauvais jours, avec les yeux dont le bleu noircit un peu. Le fourneau est enfin allumé. Elle ouvre les portes de son lit et arrache les draps… file à l'armoire et en tire une paire, propre, et la met vite, vite dans le lit-placard. Je l'entends qui bougonne :

« Mais où elle est passée ? Et le petit qui n'était pas à l'école… Pourvu qu'y tombe pas malade ! »

Voilà, Juste m'a porté jusqu'au lit et Emma tire le drap et la couverture sur moi après m'avoir mis des briques chaudes vers les pieds. Elle m'interroge :

« Et Mélie ? Tu sais où elle est ? Mais pourquoi que tu dis rien ? »

Et tous veulent savoir où est Mélie alors que moi, je ne veux plus le savoir. J'essaie de lui dire à Emma que je ne suis au courant de rien. Je ne peux pas... je ne peux plus parler ! Les mots ne veulent plus sortir. Je ne veux même plus en chercher des mots. Je me concentre sur mes mains, sur mes pieds, là où je touche les briques chaudes. Le reste ne me regarde pas ; qu'ils fassent ce qu'ils voudront. C'est trop tard, c'était avant qu'il fallait savoir. Je n'ai plus froid...

J'ai dû dormir. Il n'y a qu'Emma dans la salle. Elle vient vers le lit, ouvre précautionneusement les portes, vérifie les briques... Je garde les yeux fermés. Elle parle toute seule, comme Mélie. Je n'entends pas ce qu'elle dit à part quelques bribes, pour la plupart incompréhensibles. Une phrase, pourtant, revient :

« Mais qu'est-ce qu'elle a dans la tête ? »

Le temps passe lentement. Emma ne s'assoit jamais. Elle va seulement du lit au fourneau, du fourneau au lit dont elle a laissé les portes à demi ouvertes. Et toujours cette voix, mi-angoissée, mi-colère :

« Alors ça ne lui suffisait pas… »

Elle rajoute une bûche dans le fourneau puis va à la fenêtre et jette un coup d'œil anxieux dehors. Je remarque, tout à coup, que la lampe est allumée alors qu'il n'est que 2 heures de l'après-midi. Donc, il fait sombre, le brouillard n'a pas dû se lever.

J'ai pris la résolution de faire celui qui dort mais je suis, maintenant, pleinement conscient. Caché dans la demi-obscurité du lit, je peux voir tout ou presque de ce qui se passe dans la salle, et entendre aussi. Un bruit dans la cour et Maïu entre. Il dit seulement :

« J'ai fait comme Pa a dit… mais… rien aux Lagiers, rien aux Combes. Le réfractaire, Roger qu'y s'appelait, y serait parti soi-disant, de l'autre côté du Rhône, là-bas vers les Alpes, au maquis. Mais est-ce qu'on sait ? »

Emma a fait « Pssshh ! » quand Maïu a prononcé le nom de Roger puis s'est assis. Je vois son dos devant moi, à deux mètres. Il a la tête rentrée dans les épaules, comme quelqu'un d'âgé. Emma pose devant lui de quoi manger. J'entends le couteau qui coupe le pain et la mastication, plus lente que d'habitude. Emma est en face de lui et le regarde en hochant la tête.

« Dis, Ma, tu crois qu'elle est partie ?

– Ah ! Est-ce que je sais ? Voilà bien du souci qu'elle nous fait… »

Je vois le pouce de Maïu qui montre le lit derrière lui :

« C'est bizarre qu'y dise rien, non ? Y s'entendaient bien tous les deux pourtant !

– Peut-être trop bien, hein ? Oui, peut-être trop bien. »

Alors comment, même si je pouvais, comment pourrais-je lui dire à Emma ? Qu'est-ce qu'on a fait de mal avec Mélie ? Non, vraiment elle est trop injuste.

La porte s'ouvre, ça m'éveille à nouveau. J'ai encore dormi, un peu, sans m'en rendre compte. Il est 3 heures. Juste entre et va lentement jusqu'à sa place. Il s'assied, lourdement, comme s'il avait un gros sac de grains sur les épaules. Il enlève son chapeau :

« Rien ! Rien de rien, personne a rien vu. C'est pas possible ! Même les Charrat ! Le petit, ça va ? Ah ! Y a au moins ça de bon… »

Il essaie de manger mais n'y arrive pas. Je devine à peine ses yeux noirs, enfoncés dans leurs orbites et qui, souvent, semblent se tourner vers moi.

« J'ai pas faim, ça veut pas passer… »

Et il regarde ses grosses mains posées sur la table, inutiles…

Le temps passe lentement, si lentement… Il fait nuit dehors. Personne n'a parlé depuis je ne sais combien de temps. Puis Juste se lève :

« Bon, faut aller traire… »

Il s'en va suivi de Maïu. Emma tourne un peu dans la salle, sans but précis. Elle s'approche du lit… J'ai les yeux fermés mais je sens son regard. Elle soupire :

« Y a la chèvre aussi. Allez, j'en ai pas pour longtemps… »

Elle éteint la lampe et sort. Je me retrouve dans le noir troué par la lueur rouge du fourneau. Alors j'appelle, dans ma tête, tout doucement :

« Mélie ! Maman ! Maman ! »

Personne ne répond. Je pleure un peu…

Un bruit étouffé de discussion me réveille. Je sens comme une cloison dans mon dos et j'ai une sensation bizarre. Les portes du lit sont presque complètement fermées mais, par la fente, j'aperçois la fenêtre en face de moi. Je réalise que, pendant mon sommeil, on m'a changé de lit et que je suis maintenant dans celui de Maïu. Lui n'est plus là, il dort sans doute dans la chambre, à côté du lit de Mélie, vide. Je ne peux plus voir la pendule mais il doit être tard.

Emma et Juste sont assis, de chaque côté de la table. C'est la première fois que je ne les vois pas l'un à côté de l'autre. Je n'entends qu'à peine ce qu'ils se disent, mais il me semble que Juste est en colère, comme le jour des gendarmes. C'est Emma qui parle le plus et je saisis certains mots, qui reviennent :

« Grosse… péché… bâtard… »

Ça dure un long moment, avec des silences lourds, pendant lesquels chacun regarde la fenêtre ou en l'air, ou le sol vers la pendule, mais jamais ou presque celui qui est en face de lui.

Puis, brusquement, Juste se lève et dit posément, à voix haute, en regardant Emma bien en face, cette fois-ci :

« Moi, on m'enlèvera pas de l'idée que la petiote, elle est partie parce qu'elle en avait assez de tout ce charabia de curé avec leurs péchés mortels et leur enfer et tout le reste… Voilà où ça nous mène toutes ces foutaises ! Sur ce, j'vais me coucher ! »

XXIII

Adieu à la ferme et triste retour

JE SUIS AU FOND DU PETIT TOMBEREAU sous une pile de sacs. Au-dessus de ma tête, il n'y a que du ciel gris. De temps à autre, au hasard de cahots causés par les ornières ou les gros cailloux du chemin, j'aperçois fugitivement une pente de fougères poudrées de givre. Il fait très froid. Je sais que c'est Lionne et la Rouge qui ont été attelées et que c'est Juste qui les mène. Il a tenu à me ramener lui-même, disant que je n'avais « pas assez forci » pour descendre à pied. On est sur le chemin du barrage.

Emma et Juste ont décidé hier que je ne pouvais plus rester à la ferme. Depuis quatre jours, Mélie n'a pas reparu. Il semble que le gel a tout pétrifié jusque dans la maison où plus personne ne s'adresse la parole que pour l'indispensable. Malgré tous les efforts d'Emma et de Juste, je n'ai pas ouvert la bouche. Lui a toujours été patient, mais elle a failli, plus d'une fois, me donner une gifle. Alors quand la tentation était trop forte, elle tournait la tête en grommelant :

« Y me fera damner ce gamin-là ! »

À la fin, Juste a dit :

« Y vaut mieux qu'y soye en bas. T'es plus butée que ta chèvre tiens… J'sais pas ce que vont penser son père et sa mère… »

Il avait raison, Juste, d'autant que je ne suis pas retourné à l'école. C'est inutile puisque je ne veux pas parler. Enfin, c'est ce que disait Emma. Mais c'est injuste de penser ça. Plus le temps passe et plus je sens quelque chose, là, à l'intérieur, qui me bloque. C'est lourd et tout gris et ça empêche les mots de passer.

Je me fais tout petit au fond du tombereau. Je ne sais pas si je suis content de descendre, pour Maïu déjà. Lui, qui sourit tout le temps, n'avait rien d'autre à me dire, quand je suis parti, que ces mots qu'il répétait sans qu'on voie sa dent cassée :

« Ça se peut pas ça, non, ça se peut pas… »

Ah ! Et puis je sais que Juste aussi sera triste. D'ailleurs, la ferme sans Mélie, est-ce que ça peut être autrement ? Emma, elle, m'a embrassé, sèchement. Je crois me rappeler qu'elle a murmuré :

« Alors, tu me laisses toute seule, sans rien savoir… »

J'essaie de me faire à l'idée que, dans un moment, on va traverser la passerelle... puis longer le barrage et passer vers cette maudite pierre... J'aurais bien aimé qu'on prenne un autre chemin, mais, pour moi, il n'y a pas eu d'étoile. Cette idée m'est venue parce que c'est bientôt Noël. Je me force à imaginer que Mélie est quelque part, avec Roger sans doute, et en même temps, je revois les bulles qui montent... Le mieux est de rester bien au fond du tombereau, la tête sous les sacs, le plus longtemps possible. Voilà, je me laisse bercer par le petit grincement des essieux et le choc des roues sur les pierres. Sous mon tas de sacs, je baigne dans une odeur de jute et de pommes de terre, comme vers la chaudière.

Depuis un moment, il me semble que le tombereau tangue moins et avance sur un chemin plat. On doit longer le barrage. Bientôt, j'entends un bruit d'eau et je me soulève un peu au-dessus de la ridelle. On surplombe le déversoir. Je n'y suis pas venu depuis que nous sommes montés, Marcel et moi, à la fin du printemps. Je regrette de n'avoir pas regardé avant. J'aurais sûrement reconnu l'endroit où j'ai vu Campette pour la première fois. Fidèle, sa maison surveille le mur, là en face, et j'ai envie de pleurer tout d'un coup. Les souvenirs me remontent, en désordre : l'éternelle veste de chasse qui ne voit jamais de gibier, les noyées, les vaches dans l'eau, la couleuvre et la voix pleine de graviers… J'entends la voix de Juste, devant les vaches, et j'aperçois l'aiguillon qui pointe un peu. Il doit le porter sur l'épaule, comme il fait souvent et comme j'essayais de l'imiter…

Quel va être l'accueil à la maison ? Peut-être qu'il aurait mieux valu que je reste à la ferme après tout. Là-haut, au moins, tout le monde est au courant. Mais maman et papa, surtout, comment vont-ils prendre la chose ? Et Marcel, qui veut toujours tout savoir, et l'école… Maintenant, je souhaite qu'on n'arrive jamais. Finalement, au fond de mon tombereau, je n'embêterais personne et je n'entendrais pas toutes ces questions qu'on va me poser et auxquelles je ne pourrais pas répondre.

On descend maintenant les zigzags le long du déversoir. Les sapins sont chargés de givre et leurs branches plient vers le sol, accablées. Je retrouve le mur gris, immense, avec ses gros blocs soudés, et je sais, tout d'un coup, ce que j'ai, à l'intérieur, qui me bloque. Juste est venu jeter un coup d'œil et m'a dit, la voix un peu enrouée :

« Allez mon valetou, encore un petit moment et on y est… »

Puis il est reparti se mettre devant ses vaches pour les guider.

Voilà, on est arrivé. Je vois une silhouette derrière le carreau de la cuisine et la porte s'ouvre. C'est maman. Elle ne m'a pas vu. Elle vient vers Juste avec un grand sourire. Elle a un bébé dans les bras et Marie qui s'accroche à sa robe.

« Et alors, Juste ? En voilà une bonne surprise ! Entrez vite qu'il fait un froid de loup ! »

Et Juste tourne et retourne son aiguillon dans les mains :

« Oui hein ? Bonjour Alice. Surtout, vous faites pas de bile… Y a rien de cassé… »

Mais il s'arrête tout d'un coup parce que maman vient de s'apercevoir que je suis là, dans le tombereau, et que je la regarde… Alors, vite, je saute par terre et je cours et… je peux pleurer tout mon saoul dans ses jupes pendant que sa voix anxieuse ne cesse de répéter :

« Mais qu'est-ce qui se passe ? »

Il y a au moins un quart d'heure que je suis dans la chambre de papa et maman à l'étage. Juste, mon petit frère, dort dans son berceau. Marie est assise en face de moi, par terre. Elle me fixe sans arrêt, d'un air sérieux, et elle me demande de temps à autre :

« Pouquoi tu dis ien ? »

Je ne peux que les regarder, tantôt l'une, tantôt l'autre. Je suis content de les voir, d'être avec eux, mais je ne sais pas quoi faire d'autre. Alors, Marie retourne à sa poupée de chiffon et moi, j'attends que maman et Juste aient fini de discuter, en bas, dans la pièce qui sert de cuisine, de salle à manger et de chambre à coucher pour Marcel et moi, sous l'escalier. Je suis distraitement les entrelacs de fleurs bleues sur la tapisserie et mes yeux s'arrêtent sur la photographie de mariage de mes parents. Ils sourient à peine. Papa a les mains un peu croisées sur le ventre, maman se pend à son bras et le regarde… Ils sont muets, comme moi…

Ah ! J'entends un pas qui monte l'escalier. C'est maman, je la reconnais à sa façon de ne poser que l'avant du pied sur le bec des marches. Elle entre, sans faire de bruit, et me glisse :

« Viens, Gilou, on va parler un peu… »

Alors je la suis et je descends, un peu oppressé. Juste est assis devant un verre de vin dont il n'a pratiquement rien bu. Il m'encourage du regard, mais il a les mains sur la table, posées comme l'autre jour quand il ne savait pas quoi faire pour chercher Mélie. Maman s'assied, en face de Juste, et me dit gentiment :

« Viens là, mon grand, donne-moi ta main… »

J'obéis et je la regarde. Elle n'a pas changé. Elle est toujours jolie, enfin, pour moi en tout cas. Je ne lui connais pas de regard méchant. Un air fâché, ça lui arrive assez souvent, mais méchant, jamais. Aujourd'hui, elle paraît un peu désemparée.

« Alors, tu ne veux plus rester chez Juste ?

– …

– Qu'est-ce qu'il y a ? C'est à cause de l'école ? Tu manges pas bien ? Non, ça, ça m'étonnerait. Alors ? Pourquoi ?

– …

– C'est à cause de Mélie ? Mais elle va revenir Mélie… »

C'est plus fort que moi, je lâche la main de maman. Juste a vu… Il essaie de venir à son secours :

« C'est aussi ce que je pense hein ? Elle a son caractère… comme moi, comme toi… Pas vrai ? »

Il rit, mais on sent bien qu'il se force. Les lèvres découvrent un peu les dents et les yeux sont trop noirs, sous les sourcils. On reste un moment, tous les trois, dans le mutisme. Puis maman revient à la charge, sans conviction :

« Tu vas bien remonter avec Juste hein ? Un chagrin, même gros, ça finit toujours par passer, non ? »

Je sens les larmes qui montent à nouveau avec un hoquet qui me déchire la poitrine. Je ne sais pas quoi faire pour que maman se rende compte que ce n'est pas du caprice. Alors, remonter ou non, ça m'est un peu égal. Personne ne comprend rien de toute façon… et je ne peux pas expliquer non plus. Il vaut mieux que je regarde par terre…

Au bout d'un moment, maman dit :

« Tant pis, Juste, je suis désolée. Ça va s'arranger je pense. Pour Mélie surtout. Allez, faites-vous pas trop de mauvais sang… Dites à Emma hein… »

Juste se lève, prend son chapeau qu'il malaxe dans ses grosses mains :

« Je savais que vous comprendriez, Alice. Pauvres de nous… La vie est pas toujours facile, hein ? Surtout, oubliez pas de donner le bonjour à Jean… et puis, mon petit valetou, là… c'est pas de sa faute hein ? Alors, faut pas l'gronder ! Non, faudra pas, hein ! Dites-le bien à Jean, parce qu'il est brave ce gamin… ça oui ! »

Il fait ce que jamais encore il n'avait fait avant : il m'embrasse et je sens sa moustache qui me pique un peu les joues. Puis, vite, il s'en va avec Lionne et la Rouge qui attendent sagement devant la porte.

XXIV

Un secret trop lourd à porter

Il paraît que la guerre va finir bientôt : les Américains de Roger sont arrivés en Normandie. J'ai vu où est la Normandie. À l'école, j'ai le temps de regarder la carte qui est à ma droite, juste devant moi. Je ne sais pas comment maman s'y est prise, mais j'ai le droit d'aller en classe bien que je ne puisse pas répondre aux questions ou réciter quand il faut apprendre une poésie.

Au début, ç'a été très dur. J'ai retrouvé mes anciens copains, mais pas un n'a compris ce qui m'arrivait. On m'a eu vite trouvé un surnom : Simplet. Du coup, je fais tout ce que je peux pour éviter les groupes, surtout à la récréation. J'ai mon coin de préau. Là, je suis à peu près tranquille. Il arrive encore, mais de moins en moins souvent, qu'un élève passe à côté de moi en me lançant :

« Alors Simplet ? Qu'est-ce t'as foutu à la campagne ? Les cochons t'ont mangé ta langue ? »

Je vois aussi, l'un ou l'autre, parfois, qui doit parler de moi. Il me désigne et visse son index dans sa tempe pendant que les autres éclatent de rire. Heureusement, Marcel m'a bien aidé. Alors, il est rentré plusieurs fois à la maison avec des bleus et la blouse déchirée dans une bagarre où il essayait de défendre son petit frère. Puis, avec le temps, les autres ont dû s'habituer et je crois que maintenant, ils ne me voient plus guère.

Marcel, lui, ne s'habitue pas. Les premiers jours, quand on était couchés, tous les deux, sous l'escalier, il ne pouvait s'empêcher de me tourmenter avec ses questions. Je voyais bien qu'il ne le faisait pas méchamment, mais il ne pouvait pas comprendre que je ne lui réponde pas. Il devait penser que je le faisais exprès. D'ailleurs, c'était son reproche constant puisque lui avait dû descendre et que moi j'étais resté là-haut, à la ferme, où il aurait tant aimé être, lui aussi.

« Tu veux pas que je sache ce qui se passait là-haut… c'est pour ça que tu fais le muet… Mais, quand j'irai, j'saurai tout… Maïu me dira, lui… C'est avec moi qu'y travaillait, Maïu… Et Mélie, tu sais, toi, où elle est Mélie… Mais tu veux tout garder pour toi tout seul ! »

Ça a duré plusieurs jours ; cependant, jamais il ne m'a donné ce fameux coup de poing qui me bloquait la respiration, avant.

Au bout de quelque temps, il s'est lassé ou alors maman a dû s'apercevoir de quelque chose. Elle lui a demandé, plusieurs fois, pourquoi j'avais les yeux rouges le matin. Elle avait son air fâché que tout le monde craint, même papa. Maintenant, je me rends seulement compte qu'il me surveille, parfois, à la dérobée. Il y a de l'incompréhension dans son regard, de la tristesse aussi. Il arrive que, la nuit, sur notre matelas qui est plutôt étroit, on se cogne un peu en dormant. Alors, il s'inquiète :

« Dis, j't'ai pas fait mal, hein ? J't'ai pas fait mal ? »

Je me demande si je ne lui fais pas un peu peur…

Papa, lui, ne m'a posé aucune question. Le premier jour, juste avant qu'il ne revienne du travail, maman m'a envoyé dans leur chambre. Je les ai entendus discuter. Ils s'étaient assis, chacun d'un côté de la table, comme Emma et Juste, à la ferme. Mais je sais qu'il n'y a pas eu de dispute. Ça a duré longtemps alors que papa n'avait même pas mangé. Puis, maman est venue me chercher et papa m'a dit en m'embrassant :

« T'en fais pas va, mon grand… je suis sûr que tout ça va s'arranger. Juste a dit que t'étais sage… c'est tout ce qui compte, hein ? »

Depuis, s'il n'y a pas école, je suis presque toujours avec lui : quand il coupe du bois, quand il va au jardin, quand il nettoie son vélo... Lui aussi me regarde. Il doit penser que je ne m'en rends pas compte. Il a les mêmes yeux embarrassés que Marcel et il secoue un peu la tête avant de se remettre à son ouvrage. Parfois, un voisin vient faire un brin de causette par-dessus la murette qui sépare notre petit jardin de la route. Ceux qui me connaissent s'étonnent :

« Ben alors, t'as perdu ta langue ? »

Papa me tire d'affaire, gentiment :

« Ah ! M'en parlez pas ! C'est qu'il est devenu timide, là-haut à la campagne... »

Maman aussi me regarde souvent, mais elle le fait sans se cacher de moi. Quelques jours après mon retour, elle avait dû se persuader que je ne faisais pas de caprice. Un jeudi matin, elle m'a dit :

« Allez, mon grand, on va aller à la Caisse de secours voir le Dr Richard. »

Je sais qu'elle ne l'aime pas trop ce docteur, mais on est obligé de faire avec lui. C'est le docteur de la mine et on ne le paye pas. Moi non plus je ne l'aime pas. Il est grand, maigre, avec le front dégarni et le reste des cheveux plaqué en arrière. Il ne doit pas savoir sourire. Il est toujours habillé en costume du dimanche avec son espèce de truc qui pend sur la poitrine, comme un collier. Il a fallu que je me mette torse nu et il m'a posé ça partout, devant, derrière. C'était froid et les mains du docteur aussi. Il a les mains soignées avec des ongles courts et propres, mais qui n'ont rien à voir avec celles de Mlle Giroud. Je les trouve sèches ces mains, un peu comme le docteur.

Il a essayé de me faire parler en me prenant le menton, mais j'ai baissé la tête. Il m'a lâché et s'est adressé à maman avec un ton un peu dur :

« Dites-moi, madame, ce garçon ne serait-il pas un peu têtu ? Plus de fermeté ne serait sans doute pas inutile… En tout cas, il est plutôt maigrichon… Gare au rachitisme… »

Puis, il est allé s'asseoir derrière son bureau avec un air de commisération :

« Allez, au revoir madame, tout ça n'est pas bien grave. »

Et nous sommes ressortis. Pendant que je me rhabillais, dans le couloir, maman était furieuse :

« Rachitisme… rachitisme… Il en a de bonnes ! Avec ce qu'on mange… C'est facile, pour lui… En plus, il connaît rien à rien ! »

Elle a raison maman. Depuis que je suis redescendu, je me rends compte qu'à la ferme, on mangeait bien mieux. Là-haut, je n'avais jamais vu une carte d'alimentation. Ici, en bas, je sais ce que c'est. Je vais, certains jeudis, avec maman, à la mairie, pour les renouveler ces fameuses cartes. C'est encore une chose que je n'aime pas trop faire, mais maman insiste pour que je vienne alors… Chaque fois, il y a la queue et on n'entend parler que de choses tristes. Si jamais on tombe sur une connaissance de maman venue avec ses enfants, j'ai encore droit à l'index dans la tempe parce que je ne réponds pas.

Il n'y a qu'à la maison où ça va à peu près. Toute la famille a fini par se faire une raison. Je surprends, de temps à autre, une conversation entre papa et maman. Il y est question de Juste et d'Emma. Il semble qu'ils deviennent comme moi parce qu'on ne sait toujours pas où Mélie a bien pu aller. Ça tourne dans ma tête. Certains jours, je suis presque sûr de l'endroit où elle est. J'ai des crises de larmes et j'en rêve jusqu'à ce que ça me réveille parce que je peine trop à me dégager des bulles qui m'emprisonnent… D'autres jours, j'arrive à me persuader que Mélie est avec Roger. Dans tous les cas, c'est notre secret, alors je ne peux rien dire, j'ai juré… Pour en revenir à Juste et Emma, j'ai entendu papa annoncer qu'il irait à la ferme, comme tous les ans, pour les fauchaisons. Marcel a sauté en l'air en disant que, lui aussi, voudrait y aller. Papa n'a rien promis mais Marcel est optimiste, malgré tout. À moi, on n'a rien demandé et c'est mieux comme ça.

Aujourd'hui, papa est en train de piocher ses haricots pendant que je suis assis sur la murette. Il fait très beau avec une chaleur sèche, qui dure ; on ne voit que quelques nuages blancs, bien gonflés, dans un ciel trop bleu. Je ne joue plus à les regarder en me penchant en arrière et il y a belle lurette que je n'ai pas fait rouge, orange… Marcel m'a assuré, plusieurs fois, qu'il n'y a plus d'avions boches qui passent. On en voit encore, de temps en temps, des avions, pourtant, et je trouve qu'ils se ressemblent tous. C'est une des choses que j'ai apprises, depuis l'année dernière.

Je surveille la route, distraitement ; elle longe toujours le ruisseau qui, je me demande pourquoi, est pratiquement à sec. Elle est toute poudreuse et nue, sous le soleil, pendant qu'elle monte vers le barrage. Tiens, il y a quelqu'un qui descend, là-bas, à la sortie du virage à deux ou trois cents mètres. C'est bizarre parce que plus sa silhouette se rapproche et plus je me dis que je la connais… Elle n'est qu'à cent mètres maintenant et se dandine dans une marche irrégulière… Elle s'aide d'une canne… C'est Campette ? Sûr de sûr, c'est Campette ! Je ne sais pas s'il faut me cacher ou attendre. Finalement, je décide de rentrer, en douce, à la maison.

Maman est en train de repasser. Marie joue, par terre, à côté d'elle. Je me glisse vers mon lit, sous l'escalier. Ça n'étonne plus personne, je le fais souvent. J'ai le cœur qui tape fort contre les côtes. Je me dis que, dans un moment, lorsque Campette sera passé, je retournerai sur la murette. Tchacac ! clac ! tchacac ! clac ! Devant la porte ouverte, je vois des ombres qui se découpent dans la flaque de soleil qui s'est étalée sur le sol à l'entrée de la maison. Ça parle, la voix de papa et l'autre, pleine de graviers, qui me surprend à chaque fois… Papa invite :

« Entre, entre donc… On va se boire un petit canon… Avec cette chaleur… »

Je suis caché dans l'ombre, sous l'escalier. Campette entre. J'ai comme un éblouissement : la même veste, le même chapeau, les guêtres… tout… tout, l'odeur un peu forte aussi… comme si le temps s'était arrêté…

« Bonjour m'ame… C'n'est que moi hein… C'est Campette. Jean dit qu'un canon f'rait du bien. Il a raison. Ouh ! quelle chaleur ! »

Papa entre à son tour et maman fait de la place sur la table. Les deux hommes s'assoient, l'un en face de l'autre. Campette cale sa grosse canne ferrée entre ses jambes pendant que maman sort le litre de vin et deux verres. Alors, je me dis qu'ils se connaissent, Campette et mes parents. Ça n'a rien d'extraordinaire, mais c'est drôle, papa n'en parle jamais. Ils se sont mis à discuter de choses et d'autres, de la guerre « qui s'ra bientôt finie nom de D..., oh ! pardon... », du temps et de cette sécheresse qui dure... Papa remarque :

« C'est vrai qu'y fait sec bien tôt cette année, et chaud. T'aurais pu choisir un autre moment, plus frais, pour descendre...

– Ah ben, ah ben, qu'est-ce que je pouvais faire ? J'avais pas l'choix... Ça m'amuse guère mais faut qu'j'aille aux gendarmes... »

Maman et papa, interloqués, fixent Campette, et moi aussi, je ne le perds pas des yeux.

« Oh ! C'est une histoire hein... Ça c'est une histoire mais qu'est-ce que j'pouvais faire hein ? Je te l'demande... Ah ! Faut que j'boive un coup... Nom de D... ! Oh ! Faites excuse... »

Il enlève son chapeau et on voit une marque rouge qui ceinture le front et des gouttes de sueur qu'il essuie du revers de sa manche. Il boit une bonne gorgée et s'essuie la bouche. Puis, il regarde papa qui ne dit rien mais l'invite à continuer d'un sourire encourageant. Et moi, dans l'ombre de mon escalier, j'ai le souvenir fugace de Juste en train de secouer le manche de la bonde au-dessus de la boutasse.

« Oh ! C'est une histoire ! Avec la chaleur et la sécheresse, ben, le barrage y baisse. Alors, moi, j'vais à mon inspection, comme toujours, par le chemin de ronde... C'est quand même pour ça qu'on me paye, hein ? Qu'est-ce que j'pouvais faire… Et ce matin, oulà ! ce matin… j'ai vu du pas normal, non, du pas normal ! Tu te doutes pas hein, Jean ? »

Il baisse un peu la tête. Il se gratte la tignasse. Il a des choses à dire, Campette, et pas n'importe quoi, pas n'importe comment non plus. Brusquement, il interroge :

« Dis, Jean, tu la connais toi, la Pierre au mercier ? »

Et il continue sans attendre de réponse, comme quelqu'un qui n'en a pas souvent :

« P… ! Cette pierre ! J'aurais jamais cru ça si je le vois pas ! Mais qu'est-ce que je pouvais faire, hein ? Cette pierre, ben, y a quelqu'un dessous… Et doit y avoir quèque temps déjà… parce que c'est pas trop reconnaissable, hein ! »

Pendant tout le discours de Campette, je n'ai perdu aucun de ses mots. Chacun m'a secoué, à droite, à gauche, et encore, et encore, et je sens un vide qui s'est creusé, là, à l'intérieur. Alors, c'était vrai… Je ne m'étais pas trompé… Moi, je sais qui est sous la Pierre au mercier… je l'ai toujours su même quand je me faisais des idées avec Roger… Mais je ne pouvais rien dire… J'avais juré « si je meurs je vais en enfer »… Mais maintenant, est-ce que ça tient encore, puisque tout le monde va le savoir ? Mélie, est-ce que ça tient encore ? Mélie ? Mélie ?

J'ai cru reconnaître une voix, que je n'ai pas entendue depuis longtemps, et puis aussi j'entends Campette qui s'étonne :

« Y a un gamin là ? On dirait le valetou de Juste… »

Alors, je sors de sous mon escalier, avec un gros effort. Maman s'est levée, toute tremblante :

« Qu'est-ce qu'il y a mon grand ? Ça va, dis, ça va ? »

Papa et Campette me regardent comme si j'étais une apparition…

« C'est Mélie, sous la Pierre au mercier, c'est Mélie… »

Je sens que le poids qui m'étouffait se soulève peu à peu, remplacé par un grand entonnoir… et dedans se précipite un flot de paroles… Je fais comme Emma, là-haut, après le bombardement… Je répète tout, dans n'importe quel ordre, plusieurs fois, et ça me fait mal parce que maintenant, c'est sûr, Mélie ne reviendra plus, et en même temps ça me fait quelque chose qui ressemble à du soulagement… Et, quand c'est fini, je sens un vide, là où il y avait ce gros pavé gris et qui obstruait tout. C'est un vide dont les bords sont meurtris comme quand on a appuyé quelque chose de dur et coupant, pendant longtemps, à un endroit précis de la peau. Il y a des marques violettes, au fond de la petite crevasse qui s'est creusée, dans la chair. D'habitude, ça passe assez vite, avec le sang qui circule. Il suffit de masser un peu… Mais là, je crois que ça va durer longtemps, ces meurtrissures…

Table des matières

Dans la même collection

Les textes de la collection Terre de poche nourrissent la mémoire collective à travers des histoires fortes, des récits de voyage, des documents historiques ou des chroniques intimes.

AGUILLON Arlette
La Maîtresse du moulin
Le Puits aux frelons

ALIA Josette
Le Pensionnat

AMOUROUX Henri
La Vie des Français sous l'Occupation

ANGLADE Jean
Le Chien du Seigneur
Le Pain de Lamirand

AUBARBIER Jean-Luc
Les Démons de sœur Philomène

AUCOUTURIER Alain
Le Milhar aux guignes

AUDIDIER Robert
Les Sentiers de traverse

AUDOUX Marguerite
Marie-Claire

AUJOULAT Noël
Le Village perdu

BATUT Maryse
Les Monvalan

BELARD Paul
Moissons d'enfance

BESSON André
Folle avoine
La Grotte aux loups

BOBECHE Adrien
La Fille de la meunière

BORDES Gilbert
Le Chat derrière la vitre

BOUCHET Maurice
La Fille du pertuis
Les Souliers ferrés

BOUDOU Josette
La Maison d'école
Les Grillons du fournil

BOURRET Johan
Dans la gueule du loup
Sœur Charité

BOUSSUGE Micheline
La Maison d'Anaïs

BRIAND Charles
Le Seigneur de Farguevieille

CABROL Laurent
L'Enfant de la Montagne noire

CAPPEAU Marie-Nicole
Chantemerle
La Mule blanche

CASTELAIN Anne-Marie
Les Amours de Louise
Le Loup du marais

CHALAYER Maurice
Un buisson d'aubépine

CHAUVIGNE Jean
Le Secret de Marie

CLEMENT-MAINARD Michelle
La Foire aux mules
La Fourche à loup

COMBE Rose
Le Mile des Garret

CORNAILLE Didier
Le Forgeron d'Eden
Le Vent des libertés soulevait la terre
Le Vol de la buse
Les Gens du pays

COSMOS Jean
La Dictée

DE MAXIMY Hubert
Le Bâtard du Bois noir

DE MAXIMY René
La Ferme des neuf chemins
Le Puits aux corbeaux

DE PALET Marie
La Tondue
Les Terres bleues
Retour à la terre

DECK Olivier
Cancans
L'Auberge des Charmilles
La Neige éternelle
Les Chopines
Les Rumeurs du Gave

DEFAY Renée
Tes petits pieds dans la trace de mes sabots

DELPASTRE Marcelle
Les Chemins creux
Cinq heures du soir

DESVIGNES Lucette
Le Miel de l'aube

DIMITRIADIS Dicta
Le Nid de la hulotte

DODANE Michel
Les Enfants de la Vouivre
Les Enfants de la Vouivre - Les Herbes noires
Les Enfants de la Vouivre - La Malédiction des Mouthier

DOURIAUX Hugues
Le Clos des grognards
Le Temps des loups

DUBOIS Yvonne
Couleur de terroir
La Vallée des cyclamens

DUFOUR Hortense
Au vent fou de l'esprit
Ce que l'océan ne dit pas
La Fille du saulnier
Le Bois des abeilles

DUPUY Daniel
Fontcouverte
Les quatre Jeudis

DUTRONC Robert
La Maison des Chailloux

EXBRAYAT Charles
Rachel et ses amours

FABRE Jean-Luc
L'Eté des Fontanilles

FEUILLERAT André
La Clef des champs

FRONTENAC Yvette
L'Etoile rousse
La Demoiselle du presbytère
Les Années châtaignes

GAGNON-THIBAUDEAU Marthe
La Boiteuse

GALONI Pierre
Le Pitaud

GAMARRA Pierre
Le Maître d'école

GENEVOIX Maurice
Le Jardin dans l'île

GERAUD Roger
Le Pré derrière la grange
Les Vaches rouges

GIMBERT Yveline
L'Ombre des chênes

GLEIZE Georges-Patrick
La Vie en plus
Le Chemin de Peyreblanque
Le Destin de Marthe Rivière
Le Sentier des pastelliers
Le Temps en héritage

GRIFFON Robert
Au bonheur du pain
Le Bedeau de la République
Le dernier Forgeron

HEURTE Yves
Le Pas du loup

JAILLER Isabelle
La Ferme des hautes terres

JEURY Michel
La Classe du brevet
Le Crêt de Fonbelle

JUDENNE Roger
Drôle de moisson
La Maison d'en face
Les bons Jours

JULIEN Henri
La Bâtisse aux amandiers

LABORIE Christian
L'Appel des drailles
L'Arbre à pain
L'Arbre d'or
Le Brouillard de l'aube

LACOMBE Michel
Les Brûlots de paille

LAFAYE Claude
La Maison de l'espoir

LARDREAU Suzanne
Orgueilleuse

LAURENT Jean-Paul
L'autre Montagne
La Ferme aux loups

LAVAL Henri
Le Chemin des souvenirs

LEMAIRE Philippe
Le Chemin de poussière
Les Vendanges de Lison

LIMOUZIN René
Les Cèpes de la colère

LOUTY Pierre
Léonard, le dernier
coupeur de ronces
Les Fiancés de la Briance

MAGNON Jean-Louis
Les Hommes du canal

MALROUX Antonin
La dernière Estive
La Noisetière
Le Soleil de Monédière
Un fils pour mes terres

MAMERE Noël
Gens de Garonne
- Les Forçats de la mer
Gens de Garonne
- Le Combat des humbles
Gens de Garonne
- La Malédiction des justes

MAZEAU Jacques
De l'autre côté
de la rivière
La Ferme d'en bas
La Malédiction
de Bellary
La Rumeur du soir

Le Pré aux corbeaux
Le Retour de Jean
Terre de sang

MOUCHEL Jean
Le Fils d'Hélène

NEDELLEC Gérard
L'Ecole de monsieur Paul

PELISSIER Patrice
L'Ange et le loup

PERREVE Paul
La Burle
Les Galoches rouges

PEYRAMAURE Michel
Le Bonheur des Charmettes
Le Château de la chimère
Les Flammes du Paradis

PINCE Jacques
Les Blouses grises
Premiers sillons
Tustou et Marie

PLAIT Annie
Les longues Saisons

PLUCHARD Mireille
Halix de Bagard Dame de soie

POURRAT Henri,
L'OLAGNE Jean
Sur la colline ronde

PRORIOL René
Antoinette, une vie de femme en 1900

PUIJALON Bernadette
Le Moulin des retrouvailles

QUEREILLAHC Jean-Louis
Trois sillons de terre rouge - La Moiss-batt
Trois sillons de terre rouge - Rouge est ma terre

RABUTEAU Pascal
Les Faveurs de Sophie

REY Georges
La Montagne aux sabots
Le Bal des sabots

RIBES Georges
Les Gens de la vallée

ROSSET Jean
Les Porteurs de terre

ROUANET Marie
Apollonie

ROUIL Jacques
Les Rustres

ROUQUET Jean
L'Enfant de la borie

ROYER Roger
La Colombière

SABOURIN Pierre
La Terre des coteaux

SELO Joël
Les vieux Démons

SOURY André
Le Pain blanc

SOYEZ Jean-Marc
Au café de l'église
Julia
La Tuile à loups
Les Galoches de Julia

STARASELSKI Valère
Nuit d'hiver

TAMAIN Louis
L'Encre violette
Le Temps de l'école
Médecin de campagne

THIROLLE Jérôme
Les Doigts d'or d'Elise

TISSERAND Pierre
L'Arbre au pendu

TOUATI Claude-Rose
et Lucien-Guy
Une maison dans les herbes

TOUPET Armand
La Bouzoute

VAISSIERE Marie-Louise
Marie, fille de Cocagne

VALETTE Paule
Le Pain de cendre
Les Jours derrière la montagne

VENTRE Julien
Julien, berger des collines

VERDIER Henri-Antoine
La Fille du bénitier
Les Lentilles vertes

VERRIER Michel
La belle Guérisseuse
La Ferme des Pitaval
Là où les chèvres sont pires que les loups
Le Chien qui faisait peur au diable
Le Mystère de Millepertuis

VIGOULETTE Daniel
Les Ombres du Léman

VINCENT Claude
Les Roses de l'hiver
Quatre pieds de terreau

VITTE Louis-Olivier
L'Enfant de la rivière
La Servante

XENAKIS Françoise
J'aurais dû épouser Marcel

ZIMMERMANN Daniel
Le Gogol